KB245292

남자의 부드러움

LA DOUCEUR DES HOMMES by Mrs. Simonetta GREGGIO

Copyright © Editions Stock, 2005

All rights reserved.

Korean Translation Copyright © 2008 by PRUME Publishing Co.

Korean edition is published by arrangement with Editions Stock, through Imprima Korea Agency

이 책의 한국어판 저작권은 Imprima Korea Agency를 통해 Editions Stock와의 독점 계약으로
도서출판 푸르메에 있습니다.

저작권법에 의해 한국 내에서 보호를 받는 저작물이므로 무단전재와 무단복제를 금합니다.

남자의 부드러움

La douceur des hommes

시모네타 그레지오 장편소설
백선희 옮김

푸르메

남자의 부드러움

1판 1쇄 인쇄 2008년 6월 5일
1판 1쇄 발행 2008년 6월 13일

지은이 | 시모네타 그레지오
옮긴이 | 백선희
펴낸이 | 김이금
펴낸곳 | 도서출판 푸르메
편집 | 최은하
등록 | 2006년 3월 22일 (제318-2006-33호)
주소 | 서울시 마포구 서교동 451-45 303호 (우 121-841)
전화 | 02-334-4285~6
팩스 | 02-334-4284
전자우편 | prume88@hanmail.net
종이 | 화인페이퍼
인쇄 · 제본 | 한영문화사

ISBN 978-89-92650-13-7 03860

* 책값은 뒤표지에 표시되어 있습니다.

나의 미덕은 남자란다. 나의 리듬도 남자이고.
남자들의 부드러움이지.
다만 그럴 가능성을, 그럴 권리를 남자들에게 줘야 하지.
남자가 된다는 건 무척 힘든 일이야.
그래서 그들은 부드러움을 감추는 거란다.

너의 주인이었던 내 육신의 동반자, 떠도는 여린 영혼이여, 이제 너는 저 생기 없고 냉혹하고 헐벗은 곳으로 내려갈 터이고, 그곳에선 지난날의 놀이들을 버리게 될 것이다. 다시 한번 친근한 강기슭을, 아마도 우리가 다시는 보지 못할 사물들을 함께 바라보자. 두 눈 크게 뜨고 죽음 속으로 들어가자.

　　　　　　　　　　　-푸블리우스 아일리우스 하드리아누스 황제

너는 아는지, 숱한 품이 너를 껴안아 지금의 네가 있음을.

　　　　　　　　　　　　　　　　-루치오 바티스티(가수)

포스카의 편지

내 사랑,

꽃다운 젊은 시절엔 남자들이 나를 위해 여자들을 버렸단다. 이제 이미 오래전에 남자들로부터 버림받는 나이가 되고 보니 그 시절에 그렇게 정숙하지 못했고, 그렇게 평온했던 것이 천진하게만 보이는구나.

콩스탕스, 나는 곧 떠날 거야. 싫다고 버릴 필요도 없고, 요리조리 피해 다닐 시간도 없어. 네게 두세 가지 정도를 얘기할 시간밖에 남지 않았구나.

한 늙은 여자가 있었네.
가진 것 하나 없는

이 늙은 여자를

미친 여자라고들 했네.

잃을 것도 없고

겁낼 것도 없고

물어볼 것도 없고

줄 것도 없었기에,

죽게 되었을 때

떠날 것 하나 없는 여자였네.

　30년 전에 무대를 떠난 감미로운 소프라노 가수 마리가 가녀린 목소리로 노래를 했다. 할머니는 당신의 장례식을 위해 이 자장가를 골라두었다. 그리고 아직 살아 있는 마지막 남은 어릴 적 친구인 마리가 이 노래를 부르길 바랐다.

　장례식은 안무를 꾸미듯 세심하게 준비되어 있었다. 포스카는 연출에 있어서 꼼꼼하다. 아니, 꼼꼼했다.

　포스카에 대해서는 아직도 과거시제로 말이 나오지 않는다. 언젠가는 될 테지. 시간에 대해서는 교훈을 톡톡히 얻었다. 세상의 잔혹함과 온정에 대한 오래된 교훈을.

　"값진 건 처음 흘리는 눈물뿐이란다. 그 뒤에 흘리는 눈물들은 슬픔을 길들일 뿐이야."

　할머니는 종종 이렇게 말했다.

　포스카가 떠난 뒤로 나는 줄곧 잠만 잤다. 특히 마지막 이틀 동안은 더더욱 그랬다. 다른 사람들과 함께 할머니에게 작별인사를 하기 위해 겨우 때맞춰 일어날 수 있었다. 이렇게까지 기진한 상태였는지 미처 깨닫지 못했다.

나는 주머니 속에 든 할머니의 편지를 구겼다.

평생토록 나는 사랑하고, 마시고, 먹고, 담배 피우고, 웃고, 잠자고, 읽었단다. 그걸 아주 잘한다고, 너무 많이 한다고 사람들은 나무랐지.

네 앞에서, 아직 믿기지 않는 끝에 대한 씁쓸한 마음이 내 멋대로 삶을 살아왔다는 만족감에 희석되고 있다고 인정하기가 망설여지는구나. 부끄러움 때문일까? 당치 않은 허영심 때문일까? 나는 그렇게 살아온 것이 기쁘단다. 악마를 한 대 걷어차는 기분이야.

우리가 죄짓지 않도록 막는 건 신이 아니야. 악마가 그렇게 믿도록 만드는 거지. 우리가 우리 자신을 외면하고, 삶을 외면하게 만들려고 말이다. 나에게 산다는 것은 발육 나쁜 악마의 엉덩이를 냅다 걷어차는 일이었어.

이제 돌이켜 생각해보면, 사람들이 말하는 젊음의 낭비가 내게는 유일하게 바람직한 삶의 방식처럼 보이는구나. 나이가 들어서까지 사랑과 그 달콤한 신기루를 갈아탈 수 있다는 건 특혜란다.

난 60년도 넘게 남자들과 싸워왔단다. 남자들을 사랑했고, 남자들과 결혼했고, 남자들을 저주했고, 남자들을 버렸지. 남자들을 열렬히 사랑했고 증오했지만 결코 남자 없이 지내진 못했어.

결국엔 남자를 끊었다고 생각했지. 머리로만 그랬을 뿐 마음은 그렇지 못했다는 걸 몰랐던 거야. 내 마음이 동요되고 내 영혼을 참으로 놓아둔 건 오직 사랑 놀음을 할 때뿐이었으니까. 정말 내버려둘 필요가 있는 건 그때뿐이란다. 미칠 듯한 열정을 경계하는 게 무슨 소용이겠니? 경계라는 게 대체 무슨 소용이겠어? 나는 종종 육체에 대한 사랑에서 정신에 대한 사랑으로 건너갔고, 또한 그 반대의 길도 걸었지.

사랑은, 두 피부의 마찰이 아니라 사랑 말이야, 사랑은 세상을 이해하는 나만의 방식이었어. 사랑 안에서 비밀스러움과 성스러움이 만나지.

하지만 나를 따뜻하게 감싸주었던 남자들의 열기는 내게 다가오는 냉기를 한층 더 추악하게 만들 뿐이었지. 다가오는 밤의 그 냉기로부터 나를 지켜줄 만큼 강한 팔은 없었어.

다른 애도곡, 이번에는 일본 노래다. 땡볕 아래에서 옥수수 잎사귀가 바삭거리는 소리처럼 바싹 마른, 낯선 현악기 소리에 실려 갈라지고 숨 찬 듯한 목소리가 들려왔다. 코토(일본의 전통 현악기)에 맞춰 노래하는 여자는 내가 아는 사람이었다. 그녀는 포스카 할머니의 두번째 남편의 두번째 부인인 준코였다.

준코는 오븐에 너무 오래 구운 사과 같은 얼굴을 한 낡은 인형을 닮았다. 그녀가 입은 긴 드레스는 잿빛이 도는 검은색이었는데, 그녀를 제대로 표현해주는 색채 같았다.

에요 에요 에디료야 에요 에요 에 다타코 스라에.

노래는 단조로웠다. 목소리가 잠시 침묵하더니 다시 시작되었다. 그러더니 흐느낌으로 끝났다. 메아리의 염주알들이 옥수수 알갱이처럼 조금 더 떨어지더니 이내 잠잠해졌다.

옆방에서 웃음이 들려왔다. 종업원들이 벽 뒤에서 벌어지는 일을 생각지 못한 채 바로 붙어 있는 방을 물청소하고 있었던 것이다. 그 때문에 마음이 편치 않을 수도 있었을 텐데, 오히려 속으로 웃음이 났다.

삶은 계속되고 있었다. 할머니가 너무 일찍 떠난 것도 아니고, 예기치 못했던 일도 아니었다. 할머니는 꽤 연로했다. 여든일곱이면 거의 한 세기가 다 되는 나이다.

어떤 날에는…… 딸기파이가 먹음직해서 빵집에 들어갔는데 빵집 청년이 내 미소가 아름답다고 칭찬하지 뭐니. 그러자 등이 아픈 것도, 온갖 불행도 잊게 되었단다. 나는 곧 공격할 태세의 뱀처럼 몸을 곧추세웠지. 청년이 덧붙여 말하더구나.

"유혹하려고 이런 말을 하는 건 아니에요. 제 할머니뻘이신걸요."

아, 콩스탕스……. 남자들은 다정할 때조차도 잔인해.

내가 저지른 귀여운 죄가 있다면 아마 남자들과 관계된 일일 거야. 그 죄뿐이야. 진짜 죄는 지어본 적이 없어. 몇 가지 비겁한 행동과 고달픈 일과 죄스런 부주의가 양심에 걸리긴 하지만 말이다.

애써 멀리까지 가서 찾을 필요는 없단다. 품위 있는 노파들도 존재하니까.

마릴린 먼로의 뽀송뽀송한 목소리가 〈바이 바이 베이비〉를 노래했다.

내가 네게 집과 자동차와 내 모든 재산을 남겼다는 사실을 지금쯤 넌 알고 있겠지. 내가 떠나고 나면 내 변호사가 이 모든 걸 알아서 처리해줄 거야. 냉동실 속에 있는 푸아그라를 넣은 메추라기 요리며 구운 닭, 그리고 너를 위해 내가 준비한 음식 전부도 네게 남긴다. 그 음식을 먹을 때마다 너는 내가 추천하는 포도주와 그 포도주들이 지하실에서 익어가고 있는 정확한 장소를 기록한 메모를 부엌에서 발견하게 될 게다.

아마도 너는 내 사소한 물건들에도 눈길을 던지게 되겠지. 그것들을 정돈하기 위해서건 아니면 없애기 위해서건 말이다. 오직 나한테만 의미가 있는 온갖 잡동사니들을 발견하게 될 게다. 어쩌면 맥주 캔 고리를 보게 될지도 모르겠구나. 롤리타처럼 어렸던 시절에 한 시간 동안 비밀 약혼반지가 되었던 고리였지.

네게 많은 걸 얘기했지만 모든 걸 얘기한 건 아니란다. 넌 많은 걸 알았지만 모든 걸 알진 못했지.

마릴린의 목소리가 멈췄을 때 나는 할머니의 담요와 은색 손잡이가 달린 지팡이를 관 위에 놓으러 갔다. 할머니가 가는 길에 춥지 않도록, 지치지 않고 걸을 수 있도록.

홀 안쪽에서 문 하나가 열리더니 밝은 색 나무로 된 소박한 관이 시커먼 입구 속으로 미끄러져 들어가기 시작했다. 흰 꽃 한 송이가 떨어졌다.

묘지를 나오면서 나는 아무도 쳐다보지 않았다. 비가 내리고 있었다. 밖에서 누군가 커다란 우산을 들고 나를 기다리고 있었으면, 그리고 나를 꼭 안아주었으면 하는 마음이 간절했다.

거울에 비친 사물은 보이는 것보다 가깝다

포스카 할머니와의 만남은 첫눈에 반한 것 같은 만남이었다.

3년 전 어느 봄날 아침, 나는 베네치아에 있었다. 기우데카 운하는 눈이 부시다 못해 아플 정도로 반짝이며 흐르고 있었다. 그해 봄의 첫 제비들이 하늘 높이 춤을 추었다.

나는 아주 소박한 레스토랑인 칼 델 벤토의 테라스에 무심하게 앉아 있었다. 내 앞에는 백포도주 한 병과 신문이 놓여 있었고, 나는 생선 튀김 요리가 나오기를 기다리고 있었다. 신선한 바람에 식탁보가 나부꼈고, 머리카락이 얼굴로 흘러내렸다. 나른하면서 평온했다.

내 옆자리에는 머리가 희끗한 나이 든 부인이 앉아 있었다. 손에는 백포도주 한 잔을 들고 있었고, 앞에는 신문이 놓여 있었다.

그녀 역시 생선 튀김을 주문했다.

그녀가 나를 쳐다보았고, 나도 그녀를 쳐다보았다.

우리는 오랫동안 이야기를 나누었다. 손과 발이 시릴 때까지. 나이는 존재의 한 표면에 불과하다: 이것이 이날 그녀가 내게 가르쳐준 사실이다. 석양이 지고도 우리는 도시와 항구 사이, 단단한 땅과 물의 도시 경계에 놓인 돌계단 위에 웅크리고 앉아 있었다.

기억은 죽은 얼굴의 생생한 표현들과 대화들을 되살리지만, 우리는 전날 먹은 것조차 기억하지 못한다. 이 첫 만남에서 그녀는 거의 책을 읽듯이 내게 말했다.

"친구들을, 연인들을 사랑하세요. 있는 힘껏 사랑하세요. 당신 안에 있는 가장 아름다운 것을 몽땅 거기 쏟아 부으세요. 내 나이가 되면 그러지 못할 테니. 나를 젊고 아름답다고 여길 사람을 더는 만나기가 어려우니까요. 이 나이가 되면 모두에게 늙은 여자가 되지요. 늙어서 가장 안 좋은 점은 활력을 잃는 것이 아니라 사랑하는 사람들을 잃는 겁니다."

포스카는 마지막 약속을 위해 베네치아에 온 적이 있었다고 털어놓았다.

우리는 열흘 전쯤인 초봄에 이 여행을 떠났다.

소녀 취향의 내 가방과 포스카의 공작부인 같은 트렁크를 그녀의 차, 1974년형 롤스로이스 실버 새도우에 서둘러 실었다. 중고

로 샀기에 사실은 새 메르세데스보다 덜 비쌌다. 까닭 모르게 고
장이 나기도 하고 까닭 모르게 다시 작동되는 그런 차였다. 포스
카와 나를 꽤나 닮은 차였다.

포스카는 판매 대행사에서 헤아릴 수도 없을 만큼 오래전부터
먼지를 뒤집어쓰고 있던 이 롤스를 진열창에서 본 지 10분도 채
안 되어 별 고민 없이 수표로 값을 치르고 샀다.

"이해하렴, 내 나이에는 변덕을 끌림이라 부르는 게 허용된단
다."

포스카는 보닛 위에 달린 롤스로이스의 상징인 '환희의 여신상
(Spirit of Ecstasy)'을 두고 "나한테는 저것이 파수꾼이자 수호천
사야"라고 말하며 자신은 "진짜 물신숭배"를 한다고 했다.

우리는 지도도 준비했고 차에는 엔진오일과 휘발유도 가득 채
웠다. 번쩍이는 이브닝드레스를 차려입은 에펠탑이 백미러 속에
서 멀어져갔다. 그 등대가 하늘에서 오래도록, 포르트 디탈리에서
파리 외곽순환도로까지, 남부고속도로 분기점까지 우리를 호위
해주었다. 나는 운전대를 잡았고, 그녀는 이야기를 했다.

그녀는 가방에서 꺼낸 오래된 지포 라이터로 담배에 불을 붙였
다. 이때까지는 포스카가 담배 피우는 걸 한번도 본 적이 없었다.
그녀는 마치 자신의 행동을 돋보이게 하려는 듯이 라이터 뚜껑을
소리 내어 닫았다. 그런 그녀가 나는 재미있었다. 때로는 어린애
같은 행동을 하는 것이다. 그녀는 종종 나보다 훨씬 풋풋했다.

나는 내 나이처럼 젊지 않다. 시대와 세대를 잘못 타고났다는

느낌이 들 때가 많았다. 내 나이보다 더 늙은 느낌이 들기도 했고, 때로는 더 어린애 같은 느낌이 들기도 했다. 나는 친구 없이 자랐고, 학교에서도 친구가 없었다. 포스카는 날더러 젊은 애가 '고전적'이라며 놀리곤 했다.

포스카는 누구도 믿은 적 없는 나를 매료시켰다. 그녀는 표시 내지 않고 나를 관찰했다. 물론 애정을 갖고서 살폈지만 어쨌건 관찰한 건 사실이다. 음흉한 포스카? 그보다는 머릿속으로 뭔가 생각을 하는 신중한 포스카라고 해야 할 것이다.

몇 달 전 그녀가 내게 자신의 병을 털어놓은 뒤, 그녀 곁에서 살기로 마음먹으면서 나는 독립된 삶을 어느 정도 포기했다. 그 덕에 나 자신의 걱정과 불안과 불면증으로부터 벗어날 수 있었다. 그 후로는 매일 매일이 기뻤다.

포스카가 연기를 길게 내뿜었다. 다시 말을 시작했을 때 그녀의 목소리는 쉬어 있었다.

"샤워기 아래에서 입에 담배 하나를 문 채 또 한 대를 손에 들고 있는 나를 발견한 날 담배를 끊었지……. 마땅히 그래야 했을 때였어. 이미 전조가 보였으니까. 예를 들면, 담배를 피우고 있는데도 담배가 생각났지. 무언가를 정말 그만두고 싶은지 알기 위해선 나는 항상 극단까지 가야만 해."

그녀는 담배를 다시 한 모금 빨더니 깨끗한 재떨이에 꽁초를 눌러 껐다. 아직 도시 외곽도 벗어나지 못했는데 포스카는 이미 자기 이야기를 하고 있었다. 나는 그녀의 이야기를 듣는 걸 좋아했고, 그녀도 그 사실을 알고서 마음껏 활용했다.

"난 이제 인생의 끝에 와 있어. 분명히 말하지만 결코 재미있지 않아. 사랑했던 이 인생을 이제 떠나야 한다니!"

"내가 살아온 날들이 가치 있었다고 말하는 건 아무 의미가 없어. 누구나의 날들도 다 가치 있는 것이니까. 그렇지만 시간과 상황의 그림자에 가려져 보통 때는 보지 못하던 삶의 기슭이, 늙고 병들어 떠나려는 지금에서야 눈에 들어오는구나.

나는 내가 참으로 사랑했고 나를 위해 봉사했던 이 몸을 마지막으로 돌보고 있어. 성적 쾌락에 있어서 나는 절제하는 편이었지. 지혜롭게 관능적이었다고 할까. 몸은 자유롭게 해주고, 정신은 깨끗하게 씻어주는 철학을 택했지. 에피쿠로스주의의 침대에서 뒹군 거지. 좁지만 깨끗한 침대였단다."

할머니는 멋진 문장을 좋아했다. 나는 할머니가 마르그리트 유르스나르*나 바르베 도르비이**의 문체를 인용하여 독서 애호가다운 당당한 태도로 나를 매료시키고, 삶을 바라보는 자신의 방식을 보여주는 것이 마음에 들었다.

그렇지만 그녀의 거창한 문장들에 속지는 않았다. 그건 그녀도

---

* Marguerite Yourcenar(1903~1987), 여성으로서 최초로 '아카데미 프랑세즈'의 회원으로 발탁된 프랑스 작가. 《하드리아누스 황제의 회상록》이 대표작이다.
** Barbey d'Aurevilly(1808~1889), 19세기 후반 프랑스 문단에 큰 영향력을 떨친 소설가이자 평론가이며 기자이자 논객.

마찬가지였다.

"염려가 되는구나, 콩스탕스. 너한테 사실을 있는 그대로 얘기하는 게 쉬울 것 같았는데. 정숙하지 못한 모습을 보여야 할 것 같구나. 네 얼굴을 붉히게 만들지도 몰라. 그럴 수 있으면 좋겠구나.

사는 동안 내게는 모든 것이 관능적이었단다. 이른 새벽의 오렌지꽃의 향기도, 길거리에서 만난 고양이를 쓰다듬는 손길도, 여름철에 베어낸 풀도, 밤의 서늘함을 빠져나오는 아침도, 햇볕에 데워진 돌계단에서 마시는 커피도 그랬지."

그녀는 몇 분간 아무 말이 없다가 다시 말을 이었다.

"나의 미덕은 남자란다. 나의 리듬도 남자이고, 남자들의 부드러움이지. 다만 그럴 가능성을, 그럴 권리를 남자들에게 줘야 하지. 남자가 된다는 건 무척 힘든 일이야. 그래서 그들은 부드러움을 감추는 거란다.

부드러운 남자는 예전의 어린아이의 모습과 앞으로 될 노인의 모습을, 폭력성과 폭력을 거부할 줄 아는 긍지를 모두 갖고 있지. 그는 아버지와 어머니보다 부드럽고, 목말라 죽어가는 사람에게 주어진 한 모금의 물보다 더 부드럽지. 부드러운 남자는 세상의 모든 부드러움이란다. 상처 난 무릎에 발린 침이고, 12월의 마지막 장미이며, 첫 슬픔에 우는 네 얼굴을 파고드는 강아지의 코와 같지."

또 한번의 침묵. 또 한번의 한숨.

"남자를 강하게 만들어주는 건 부드러움이란다."

남자의 부드러움 23

퐁텐블로로 들어서자 고속도로를 벗어나고 싶었다. 주위엔 온 통 숲과 이끼 향기, 녹음과 파릇파릇한 잎사귀들뿐이었다. 공기는 포근했고, 하늘에는 반달이 걸려 있었다. 나는 배가 고팠고, 포스카도 그런 척했다.

"어디 가서 실컷 먹기로 해. 난 이제 아무것도 할 시간이 없어. 그러니 뭐든지 할 수 있지."

할머니는 뫼르소(알베르 카뮈의 소설 〈이방인〉의 주인공)처럼 먹기 싫은 걸 억지로 먹느라 45분을 보냈다. 그런데도 버섯을 넣은 병아리 요리는 접시 위에 고스란히 남아 있었다. 나는 포도주를 딱 한 잔 마셨다. 컵에 부옇게 안개 같은 때가 끼고 가장자리에 기름이 떠 있어서 도무지 좋아할 수가 없었다. 할머니는 약간 너무 차가운 듯한 백포도주를 좋아했다. 포도주를 잘 아는 사람으로서 모순된 태도였다.

그녀를 만나기 전에 나는 타가다 딸기와 콜라와 콘플레이크를 먹고 지냈다. 굳은 크로크므시외(구운 햄치즈 샌드위치), 햄과 퓌레와 마카로니, 농축 우유와 초콜릿 따위를 먹었다. 그리고 늘 말라 있었다. 우리가 베네치아의 그 허름한 식당에서 만난 날, 내가 어른스러운 식사를 주문한 건 정말이지 어쩌다 일어난 일이었다.

저녁식사가 끝난 뒤 나는 가던 길을 계속 가고 싶었다. 또한 포스카가 잠을 자고 휴식을 취해 기력을 되찾기도 바랐다. 포장도로가 펼쳐지고 나무들이 지나가는 게 보고 싶었고, 길을 계속 가면서 포스카와 함께 이 회전목마 같은 여행을 만끽하고 싶었다.

내게 여행은 언제나 그랬다. 사물을 다르게 보게 해주고, 친근한 리듬을 끊게 하며, 그 무엇도 미리 알 수 없기에 늘 조심해야 하므로 숨어서 기회를 노리게 해주는 단절의 순간이었다.

나는 이상한 직업을 가졌다. — 아니, 가졌었다고 해야겠다. 현재로서는 모든 게 대기 상태에 있으니. 나는 패키지 여행을 위한 '관광 상품' 들을 찾아내어 시험해보는 일을 했다. 이따금 호사스러운 여행도 있었지만 대부분이 끔찍했고, 취향이 매우 수상쩍은 안락한 닭장 같은 여행이었다. 전쟁이 가난의 꼬리를 길게 남긴 지역들이 새로운 시장으로 등장했는데, '둥지 속에서만 살아온' 관광객들은 그런 곳을 아주 좋아했다. 볼 것이라고는 하나도 없는 장소들도 다녔다. 그런 곳이 오히려 편안했다. 나는 스스로의 한계를 물리치려는 고독에 취한 채 사치와 빈곤 사이에서 허우적댔다. 그러나 고독은 공상적이고 도착적인 측면이 있어서 어떤 한계도 갖고 있지 않다.

베네치아에서 포스카를 만났을 때 나는 카사블랑카에서 돌아오던 길이었다. 여러 다른 여행들과 비슷하면서도, 내가 처해 있었던 극도의 고립 상황과 그 난잡한 도시가 주는 피로감 때문에 인상적인 여행이었다.

마라케시-카사

마라케시에서 카사블랑카로 가는 기차는 2백 킬로미터 남짓한 거리를 달리는 데 세 시간 반 가량 걸린다.

마침내 카사블랑카에 도착했는데, 축구 경기 때문에 거리에 사람이라곤 없었다. 튀니지와의 결선 경기였다. 역에도 택시 한 대 보이지 않았다. 설사 택시가 있어도 운전수가 없었고 시동도 걸려 있지 않았다. 어디에서도 사람을 찾아볼 수가 없었다. 매표소에도 아무도 없었고, 신문가판대에도 아무도 없었다.

나는 발밑에 짐을 내려놓은 채 기다렸다. 그러고 있자니 주위의 적막이 불안하게 느껴졌다. 마침내 소형 택시 한 대가 멈춰 섰다. 나는 트렁크들을 택시 지붕 위에 직접 올리면서 "무슨 놈의 서비스가 이 모양이야!" 하고 투덜거렸다. 운전수는 못 들은 척했다. 택시는 경적을 울리며 텅 빈 도시를 맹렬한 속도로 달렸다. 택시가 속도를 늦추지 않은 채 빨간 불을 지나칠 때는 눈을 감고 먼지로 뒤덮인 택시 문을 꽉 붙들었다. 호텔에 도착해서 보니 운전사의 눈이 마약을 한 사람처럼 새빨갰다. 그는 '짐값'으로 돈을 더 요구했다. 나는 이날 처음으로 웃었다.

제3세계 방식으로 매겨 별 네 개짜리 등급인 호텔은 형편없었다. 온통 금칠이 되어 있었고, 양탄자에서는 걸레 냄새가 났으며, 가짜 꽃들은 먼지로 뒤덮여 있었다.

리셉션을 맡고 있는 뚱뚱한 두 여자는 깨끗하지 못한 검은색 상의를 꽉 끼게 입고 있었고, 음탕한 얼굴을 하고 있었다. 묵직한 가슴 때문에 셔츠가 터져나갈 듯했다. 여자들은 매니큐어까지 발랐는데, 칠이 군데군데 벗겨졌고 무척이나 긴 손톱이 살을 파고들어 있었다. 아니, 파고들고 싶어하는 것 같았다. 여자들은 포르노 영화 속 여자들의 손을 갖고 있었다. 두 사람은 전혀 닮지 않았는데도 꼭 자매 같았다.

내 방 창문으로 내다보면 펼쳐진 지붕들 너머로 반짝이는 바다가 보였다. 지붕들은 또 다른 가난의 도시들인 티라나와 멕시코시티와 프리스티나를 생각나게 했다.

맞은편 벽에는 10미터 높이의 사진이 주차장을 내려다보고 있었다. 네스카페 광고였다. 무기력해 보이는 한 청년이 솜씨 좋게 헝클어뜨린 머리를 하고 빨간색 잔을 손에 들고 있다. 너무 깊게 패지 않은 V자 티셔츠에 하늘색 잠옷 바지를 입고서 그는 수평선을 바라보고 있다. 그 옆에 선 여자는 한층 더 신비롭다. 굽슬굽슬한 검은 머리가 찡그린 미소를 띤 얼굴을 감싸고 있다. 이제 막 첫날밤을 보내고서 자기 남편의 성기가 3센티미터라는 걸 알게 된 여자 같다. 그녀는 한 손에는 네스카페를 쥐고, 다른 한 손으로는 금세 터져버릴지도 모르는 수류탄을 쥐듯 빵 한쪽을 조심스레 들고서 그 발견을 용감하게 대면하고 있다. 잠옷 상의가 조금 커 보이지만 일부러 설정한 것임에 틀림없다. 그에게는 아랫도리를, 그녀에게는 윗도리를 입혀서 '감미로운 아침'을 연출하려는 것이다.

다음날 아침식사 시간, 오염으로 유리창이 불투명한 불결하고 볼품없는 식당에는 온통 전분으로만 이루어진 뷔페가 준비되어 있었다. 커피는 소금기 빠진 물 같았다. 에스프레소를 마시려면 추가 부담을 해야 했다. 나는 바깥 맞은편 벽에 붙은 네스카페 광고를 바라보았다.

스피커는 트럼펫 연주로 〈필링(Feeling)〉을 뱉어내고 있었다.

음식 시중을 드는 종업원은 기침을 해댔다. 바깥에서는 태양이 빛나고, 제비들이 재잘거리고, 바다가 반짝이고 있었으나, 소음과 매연 구름이 모든 걸 망치고 있었다.

나는 이튿날 다시 떠났다.

이튿날엔 이 모든 것이 아득히 멀어 보였다.

청소 담당 여종업원이 청소기를 돌리는 바람에 〈예스터데이〉의 플루트 연주 버전을 듣지 않게 된 것은 참으로 다행한 일이었다.

눈 덮이지 않은 곳에는 파릇파릇한 풀이 자라고

실버 자동차에서 첫날밤을 보내는 동안 나는 포스카가 잠든 줄 알고 꽤 오랫동안 말없이 운전을 하며 이 모든 걸 다시 생각했다.

보초들이 잠들고, 환자들이 잠을 깨고, 연인들이 등을 돌리는 시각인 새벽 세 시에 포스카가 나를 바라보았다. 하지만 그녀의 눈은 내 너머로 다른 것을 보는 것 같았다.

"라캉이 세미나 시간에 이런 말을 했던 모양이야. '사랑은 우리가 가지지 않은 무언가를 원하지 않는 누군가에게 주는 것'이라고 말이지. 멋진 말이야, 안 그래? 하지만 그게 사실이라는 생각은 안 들어. 그냥 재주 부리기일 뿐이지. 멋진 곡예 말이야. 프랑스 사람들은 이래! 근사한 말 한마디에 부모라도 팔아넘길걸. 종종 지성과 악의를 혼동하기도 하지. 그런데 프랑스 정신의 예의라할 이 대화 기술도 어쩔 수 없이 사라져가고 있어.

콩스탕스, 이따금은 표현의 자유가 위험할 정도로 제약받는, 더구나 자유 자체마저 위협받는 시대를 사는 것에 대해 네게 불평을 늘어놓게 될 때가 있어. 그럴 땐 혹시라도 부정확한 말을 할까봐 걱정하느라 애매모호한 말을 하게 된단다. 내가 살았던 시대는 여러 측면에서 훨씬 더 나빴지만 적어도 이런 식의 일상화된 위선은, 숙명론적인 절망은 없었지."

그녀는 정확한 단어를 찾으려고 생각에 몰두한 채 몸을 돌려 담요를 집어 무릎 위에 올렸다.

"나는 여자들의 둥지에서 태어났지. 그 여자들은 네 명의 자매였단다. 레아 이모, 이다 이모, 마리나 이모, 그리고 나의 엄마 비르지니아. 엄마는 내가 태어나고 얼마 지나지 않아 돌아가셨어. 이모들이 나를 길렀지."

"이모들은 부유한 목재 상인 집안에서 모두 1889년과 1899년 사이에 태어났어. 제일 큰이모인 레아는 봐주는 법이 없었고 명철했지. 이다 이모는 훨씬 섬세했지만 성격이 급했어. 마리나 이모는 이다 이모가 말하는 모든 걸 따라했고 똑같이 말했어.

세 이모는 모두 예뻤어. 엄마도 예뻤지. 풍성한 금발을 땋아내리고, 큰 가슴과 긴 다리가 약간 거추장스러워 보이는 것이 꼭 발키리(북유럽 신화에 등장하는 싸움의 여신들) 같았지. 알프스 건너편 남자들을 모두 미치게 만들 만했지. 왜냐하면 이모들과 엄마는 이탈리아 비센차 부근의 조그만 산마을인 아지아고에 살고 있었으니까. 내가 이탈리아 사람이라는 건 너도 알지? 프랑스에서 오래도록 떠돌고 나니 이젠 예전처럼 잘 표시가 나진 않지만.

어디까지 얘기했더라? 그러니까 제일 큰이모인 레아 이모는 일찍부터 독신으로 살기로 굳게 결심했지. 할머니 할아버지가 돌아가실 당시 큰이모는 아직 어렸어. 이모는 자유로운 생활을 좋아하게 되었고 자매들을 돌보기로 결심했지. 돈은 부족하지 않았으니까. 이모는 남자가 자기를 대신해서 돈을 관리해야 할 이유가 없다고 생각한 사람이었어.

둘째 이모인 이다의 운명은 그야말로 한 편의 이야기야.

둘째 이모는 아주 젊었을 때 한 남자와 약혼을 했단다. 그 청년은 1914년 전쟁에서 가장 일찍 전사한 사람들 중 하나였지. 그가 죽자 이다 이모는 타원형 메달 속에 그의 사진 한 장과 몇 가닥의 머리카락을 넣어 목에 걸었고, 그때부터 그 메달은 검은색 베일로 가려진 이모의 멋진 가슴에서 떠나는 법이 없었지. 이모는 20년도 넘게 그렇게 상복을 입고 지냈단다.

마흔이 넘어서 이모는 자기보다 어린 남자를 다시 사랑하게 되었고, 그 남자는 그녀의 발자국까지 사랑했어. 그는 꽤 이름이 알려진 피아니스트이자 작곡가였지.

그는 최초의 전사자가 아니라 최후의 전사자 가운데 속했어. 20년을 음악 학교에서 보낸 사람이 참호에서 총을 조작해야 했으니 참으로 안타까운 일이야!

별로 쓰일 데 없이 여전히 탱탱한 이다 이모의 가슴에 매달린 메달 속에서 먼저 떠난 남자는 아들뻘쯤 되는 남자와 조우하게 되었지.

셋째 이모 마리나는 멋진 사내와 결혼했어. 결혼한 지 아홉 달하고 이틀 만에 이모에게 아이를 낳게 한 비행사였지. 출산 당시 이모는 푸글리아에 있었는데, 이모의 영웅은 임무 때문에 그곳을 막 떠난 뒤였어.

아이는 짚더미 위에 놓였단다. 그 시절에 이탈리아 남부에서 태어난 아이들은 태어난 첫날밤을 그렇게 보내곤 했어. 아기 예수의 가난과 순결을 떠올리기 위해서였지. 그런데 아이는 감기가 들어 마흔여덟 시간 만에 그 연약한 영혼을(틀림없이 순수했을 영혼을) 그만 돌려주고 말았어.

그 사이 마리나 이모의 남편은 아드리아 해에 추락했단다. 베네치아와 자라 사이에서 비행기 잔해가 발견되었지.

마리나 이모는 옷장을 온통 검은색으로 물들였고, 이다 이모의 메달과 비슷한 메달 속에 죽은 아기의 사진과 새신랑이었지만 이미 헌신랑이 되고 만 남편의 사진을 집어넣었지.

32일 뒤 이모의 영웅은 유고슬라비아의 해안에서 발견되었어. 산 채로 말이다. 비행기 날개에 매달려 있었대. 날아다니는 벌레를 잡아먹고, 비와 오줌을 마셨다고 해. 어쨌든 살아남았던 거야.

그가 회복되는 데는 아주 오랜 시간이 걸렸지. 마리나는 너무도 기뻐서 조심스레 조절해가며 닭죽을 끓여 먹었고, 신혼의 감정 표현도 절제했지. 그는 지상 근무를 제안받았지만 비행을 계속하고 싶어했어.

1920년대 초, 라테코에르 항공사가 그를 항공우편대에 채용했지. 그는 툴루즈와 다카르 사이를 비행했는데, 그러다 그의 비행기는 바다에 추락하고 말았어. 이번에는 그의 몸을 한 조각도 찾지 못했지. 사진이 든 메달은 영원히 제자리를 차지하게 되었고."

포스카는 입을 다물었다. 그러더니 운전대를 잡은 내 손을 살짝 스치듯 어루만졌다.

반달 모양

"나는 1917년에 태어났단다. 난산이어서 엄마는 내가 태어난 지 2주 후에 돌아가셨어. 열여덟 살 생일 바로 전날이었지. 엄마는 아이의 아버지가 누구인지 아무에게도 말하지 않았어. 나는 포동포동하고, 분홍빛에, 탐욕스레 잘 먹고 어린 나무처럼 튼튼했지. 그러니 지금까지 살아 있지.

난 남편 없는 네 여자의 딸인 셈이었어. 남자들에 대해 좀더 알기 위해 내가 어떤 대가를 치러야 했을지 너도 이해하겠지. 흥미로운 주제였기에 나는 그 문제에 꽤 열중했단다.

연구해보기에도 나쁘지 않은 분야였지. 나는 남자들을 통해 인생과 나 자신과 타인에 대해 배웠단다. 네게 이미 말했을 거야. 육체의 엄습은 그 이상이었지. 연인의 가슴에 기대어 운다고 세련되지 못한 건 아니야. 그럴 수밖에, 달리 어쩔 도리가 없는 경우가 많지.

나의 멋진 연인들, 내가 사랑한 남자들…… 아름다운 입술들, 아름다운 손들, 아름다운 허리……. 옥기둥들, 불 같은 혀들……."

그녀의 삶에 대해 그토록 자주 얘기했지만 포스카가 이렇게 노골적이었던 적은 없었다. 운전대를 쥔 내 손에 힘이 들어갔다. 애정과 흥미와 호기심으로 인한 전율이 온몸을 휘감았다. 이 여행을 하는 동안 새로운 무언가를 알게 될 것이라고 짐작은 했었다. 다만 언제 시작될지, 무엇이 출발 신호가 될지 알지 못했을 뿐인데, 출발 신호는 어느새 내려져 있었다.

어둠 속에서 그녀의 흐릿한 얼굴 윤곽과 가느다란 한 손으로 다른 손을 거머쥔 모습만이 보였다. 극도로 창백한 살결 위로 푸른 정맥이 두드러졌다.

"이따금 그들 가운데 한 사람이 너무도 그리워 고통스럽기도 해. 어떤 순간, 어떤 느낌이 이제 막 겪었을 때만큼이나 강렬한 느낌으로 되살아나곤 하거든. 흩어진 냄새를 다시 맡고, 사라진 살결을, 유령이 된 옛 사랑들을 다시 어루만지는 느낌 때문에 훨씬 더 강력해지는 건지도 몰라! 내가 새끼 고양이처럼 애교 부리는 순간을 함께한 공모자들…… 곧 달아날 날쌘 약혼자들, 날씬한 허리, 향기로운 목덜미, 풀어서 내팽개쳐진 넥타이들, 구겨진 양복들…… 거짓을 말하는 입술들, 이해할 수 없는 속삭임, 모든 걸 잊게 만드는 포옹.

절정의 희열이 너무도 생생히 떠올라. 그 관능적인 쾌락이 그리워. 타는 듯이 뜨거운 섹스와 눈물 말이야. 감각의 평화를 설교하는 사람이 있다면 그 자는 거짓말쟁이야.

종종 숨이 막히고 뒤로 미끄러져들 때가 있어. 공상과학 영화에서 보는 것처럼 말이다. 시커먼 구덩이 속으로 떨어지지. 과거의 구덩이 말이야. 무슨 말인지 알겠니?"

나는 거의 움직이지 않았다. 그 순간의 마력을 깨지 않으려고 조심스레 운전만 했다. 그녀의 목소리가 낮아지더니 거의 들리지 않을 정도가 되었다.

"1943년 5월, 사랑하는 니켈과 함께 어느 수상쩍은 호텔의 아주 비좁은 욕실에서 샤워를 하고 있는 내 모습이 떠오르는구나.

사실, 연인은 아니었지······. 어떻게 말해야 할까. 말하자면 그렇지. 그는 결혼한 사람이었고, 우리는 서로를 무척 사랑했단다······. 아냐, 그건 아냐. 그는 그럴 수 없는 사람이었으니까.

몇 달째 그를 만나면서 나는 고통과 노여움과 무력감 때문에 미칠 지경이었어. 도무지 참기 힘들면 서로를 보기 위해 몇 시간을 날아오기도 했단다. 뤽상부르그 공원의 불편한 의자에 앉아 키스로 얼굴을 뒤덮고, 사랑의 말을 나누는 데 오후 나절을 몽땅 보내곤 했지. 도심 한가운데에 있어도 우리는 완벽하게 우리 둘밖에 보지 못했어.

그날 샤워기 아래에서 우리는 차가워졌다 뜨거워졌다 하는 물줄기를 맞으며 포옹을 나누었어. 아주 작은 호텔이었는데, 제대로 작동되는 게 하나도 없었지. 머리맡의 전등도, 덧문도, 더운 물 조절도. 나는 그를 사랑하는데 그에게 아무것도 줄 수가 없었어. 그도 나를 사랑하는데 내게 아무것도 줄 수가 없었지.

그래서 우리는 서로를 껴안았어. 젖은 머리카락이 그의 얼굴 위에서 검게 물결쳤지. 난 그 머리카락들을, 남자의 무성한 머리카락들을 물고서 그 향기를 들이마셨지. 그가 몸을 빼더니 내 입속에 남아 있던 물을 받아마셨어. 나는 주저앉아 무릎을 꿇고서 그의 허리를 부여잡았지……."

　나는 여전히 내 가짜 할머니의 손을 바라보고 있었다. 이번에
는 다른 눈길로. 할머니는 손을 힘주어 맞잡았고, 내 눈길을 외면
한 채 창문 너머로 흐르는 밤을 향해 얼굴을 돌렸다. 할머니의 손
도 예전에는 틀림없이 훨씬 크고 강했을 것이다. 그녀가 떠올리는
두 손은 남자의 허리에 얹힌 채 과거로 남았다.
　"……그러자 그의 눈이 게슴츠레 감겼지. 한번도 햇볕에 노출
된 적이 없는 곳의 새하얀 살결이 지금도 눈앞에 선해. 그을린 다
리와 잔뜩 긴장된 배 사이의 선명한 경계선, 배의 살결이 너무도
하얘서 검은 털들은 마치 줄을 지어 울창한 털숲 속으로 기어 내
려가는 개미들 같았지. 그의 성기는 내 뺨 위에서 꿈틀거렸어. 그
의 손이 내 머리를 잡더니 머리카락을 한 줌 움켜쥐고 나를 인도
하는 게 느껴졌지. 애정의 폭력성, 바로 이것이야말로 평생 나를
기운 빠지게 만든 것이란다.
　나는 그가 벌써 희열을 느끼고 있는 건 아닌지 겁이 났지만 그
는 절정의 희열을 위해 끝까지, 최후까지 버틸 줄 아는 남자였지.
나는 그가 오래 버틸 수 있다는 걸, 그리고 그가 만족하기 전에 내
입술이 부르틀 것이며 혀가 지치리라는 걸 알았어. 나는 그를 아
찔하게 만드는 애무를 하며 서두르지 않으려고 조심했지. 부피가
있으면서도 유연한 그의 몸, 그 몸에서 느껴지는 맛은 아기 몸에
서 느낄 수 있는 맛과 같았어. 그는 아주 젊었고 풋풋했단다. 나는

그를 맛보며 절정에 머물게 했고, 내려오게 내버려두지 않았어. 내가 어찌나 느릿느릿한지 때로 그는 눈을 감은 채 떨며 꿈틀거렸지.

내가 그를 입 속에 넣은 건 그때가 처음이 아니었어. 우리는 남자와 여자가 함께 할 수 있는 거의 모든 것을 이미 했지. 하지만 그는 나를 취한 적이 없었고, 결코 스스로를 내준 적이 없었어. 한번도 내 몸 안에 자신을 고스란히 내맡긴 적이 없었지. 그는 나의 온몸을 핥고, 몇 시간이고 나를 애무할 수도 있었지. 공허감이 내게 고통을 줄 때까지 말이야. 그러나 그 나머지에 대해서는 내게 권리가 없었어. 그의 부인만이 그 권리를 주장할 수 있었지. 오직 그의 부인에게만 권리가 있었어. 하지만 이 나쁜 자식은 오럴 섹스를 해주는 창녀들과는 관계를 가졌지. 자주 세계 곳곳을 돌아다녔으니까. 그는 군대를 위한 전장 지도 제작하는 일을 했거든."

"그는 자기 부인이 아닌 다른 여자를 단 한 번도 사랑한 적이 없었던 거야. 자기의 어린 시절 친구이자 첫번째 정부였던 여자에게 그는 확실한 정절이 없다 보니 확실하게 정절을 약속했지. 내 말장난을 용서하렴. 그래서 나는…… 남아서 계속해서 한없이 기다렸지…….

마침내 절정에 달했을 때 그는 눈 먼 사람 같았어. 그는 더이상 아무것도 보지 못하는 눈으로 나를 바라보았어. 그리고 희열을 느끼는 동안 내게 욕설을 했지. 그건 마치 심장 박동에 따라 쥐어졌다 펴졌다 하는 주먹 같았고, 벌어진 상처로 피가 왈칵왈칵 분출

되는 것 같았지. 그리고 그는 내 뺨을 때렸어. 있는 힘껏 말이다.

이 일이 요즘 들어 왜 이렇게 자주 생각나는지 모르겠구나. 날 울게 했던 이 상처를 지금은 더이상 느끼지 못하는데도 어떤 욕구 불만이, 결핍이 나를 사로잡고 있는 건지도 몰라. 생명이 마구 빠져나가고 있는 이제 와서 말이다."

포스카는 크라벤 A 담배에 불을 붙였다. 기침을 하면서도 담배를 끄지는 않았다.

목마른 순간은 싫어

"포스카, 그 사람이 왜 뺨을 때린 거죠?"

"나를 사랑하기 때문이었던 것 같구나. 그 때문에 인생이 복잡하게 꼬이게 되어 화가 났던 건가봐. 남자들은 약간 단순해. 우리가 들판에 핀 예쁜 꽃이 아니라는 사실에 당황해하지. 그들은 말 그대로 우리가 사태를 손에 쥐고 있는 걸 받아들이지 못해. 때로는 우리가 여자라는 사실 자체를 원망하는 것 같아. 우리를 욕망하거나 욕망하지 않는 것에 대해, 게다가 많은 경우 우리를 더이상 욕망하지 않게 되는 것에 대해 우리 탓을 하지.

내가 이런 사적인 얘기를 하는 것이 거북하진 않니? 난 이 모든 걸 네게 얘기하는 것이 좋아. 그 무엇도 정말로 끝나는 건 없다는 느낌이 들어. 지나간 시간은 깊이 흐르는 샘과 같아. 한결 차갑고 한결 투명한 시냇물 말이야."

포스카가 내 쪽을 돌아다보았다. 우리를 추월해 지나가는 자동차의 헤드라이트 불빛이 한순간 그녀의 얼굴을 강하게 비추었다.

"아뇨, 거북하지 않아요. 그렇지만 어둠 속에서 얘기해주세요. 그게 더 좋아요. 이런 절 나무라진 마시고요."

고속도로에는 우리밖에 없었지만 그런데도 나는 갓길에 차를 세우면서 비상등을 켰다. 나는 화장실은 찾을 생각도 않고, 그저 약간 외진 장소를 찾았다.

여자들은 모두 안다. 세상이 그들을 위해 만들어진 게 아니라는 걸. 남자들은 여자 화장실이 남자 화장실보다 조금 더 깨끗하다는 사실을 아는 모양이다. 그래서 여자 화장실을 더 좋아하는 것인지도 모른다. 남자들이 변기 의자를 올려둔 채 가버려 그걸 내리자면 우리가 손을 대야만 한다. 사내아이들은 자기네 엄마가 그들 다리 사이에 붙여준 것을 평생 동안 불 끄는 펌프로 여기고, 불을 끄기 위해 사방으로 흔들어야 한다고 생각한다. 이 사실을 아는 데는 포스카의 도움이 필요 없었다.

나는 자동차로 돌아와서 운전대 앞의 내 자리에 다시 앉았다.

포스카가 이야기를 다시 이어나갔다.

"언젠가 누가 내게 파란 꽃만이 완전히 냉소적일 수 있다고 말했지. 분명한 것은 첫번째 상처가 가장 아물기 어렵고, 그 위에 여러 흉터들이 이어지고, 결국 우리는 온통 이런 저런 멍과 혹투성이가 된다는 거야. 그래도 우리는 나아가고, 다시 일어서지. 때로는 일어나지 못할 때도 있는데 그럼 KO된 것이지. 그럴 땐 무엇보다 숨죽이고 남의 눈에 띄지 않게 잠자코 있어야 해. 그러고 나면 빛이 다시금 살포시 새어들어오고, 살고 싶은 마음도 돌아오지. 그러기까지 우리는 고양이처럼 몸을 웅크리고 마치 없는 것처럼 행동해야 해."

포스카는 의자에 머리를 기대며 말했다.

"니겔은 나의 두번째 애인 아닌 애인이었지. 첫번째는 나의 남편이었고. 이 얘긴 내일 해줄게."

졸음이 단번에 그녀를 덮쳤다. 이런 일은 점점 더 자주 일어났다. 나는 차를 멈추고 그녀를 안아서 뒷좌석에 눕혔다. 그녀는 거의 무게가 나가지 않았다. 뼛속이 텅 빈 참새 같았다.

나도 그녀 곁에서 몇 시간 잠이 들었다.

베이비 풋 블루스

첫째 날 밤 그렇게 짧은 잠을 자고 났는데도 이상할 정도로 우리는 생생했다. 거의 행복한 느낌이 들 정도였다. 게다가 포스카는 손에 빵 한 조각을 든 채 바로 이야기를 시작했다.

그녀가 결혼 이야기를 하기 시작했을 때 나는 약간 놀랐다. 지금껏 그 부분에 대해서는 이야기를 꺼내지 않았기 때문이다.

"있잖니, 난 두 번 결혼했단다."

"첫번째 결혼을 할 때는 열일곱 살이었어. 그때 난 그지없이 어리석었고, 그지없이 예뻤지. 정말이지 풋풋했단다. 레아 이모가 한탄하며 말하더구나. 가련한 내 새끼, 오늘밤엔 가족도 아닌 낯선 사내와 자야 하다니!"

"그 사람의 이름은 카밀로 스프로비에리였단다. 이다 이모와 절친한 친구의 동생이었지. 그 사람은 '사건' 동안에는 거의 우리집을 드나들지 않았어. 우리집에서는 전쟁 징후를 사건이라 불렀지.

그건 레아 이모가 꺼낸 말인데 모두가 받아들여서 사용했단다. 마치 이름을 제대로 부르지 않으면 그것을 부인할 수 있기라도 한 것처럼 말이다. 그 해 봄에 히틀러가 전권을 장악했고, 가을엔 외무부 장관과 유고슬라비아의 알렉산드르 1세가 암살당했지. 그런데도 우리집에서는 부가티 57 스텔비오에 대한 얘기를 나누었단다. 그 자동차는 10월의 파리 살롱에 전시됐었고, 우리가 한 대를 주문해서 1934년 3월에 배달될 예정이었지."

"카밀로는 어느 날 오후, 차 마시는 시간에 불쑥 나타났어. 나는 손으로는 수를 놓고 있었지만 머리로는 석양에 어둑어둑해진 정원 어딘가를 헤매며 지루해하고 있었지. 그를 보려고 고개를 돌리지도 않았어. 그는 성인이었단다. 어린 소녀에게는 스물다섯 살에서 예순 살까지의 성인들은 모두 다 비슷비슷한 법이거든. 서른을 넘긴 그를 나는 아저씨로밖에는 달리 대접하기가 힘들었지.

그가 나를 향해 오더니, 내 손을 감싸쥐고는 자기 수염에 갖다 대는 거야. 반짝이던 그의 수염과 입술 사이로 살짝 드러나 보이던 새하얀 치아가 지금도 생생해.

나는 손에다 입 맞추는 건 결혼한 여자들에게나 하는 것이라며, 건방진 태도로 파르르 떨며 쏘아붙였지. 그는 자기한테만 달린 일이라면 내가 벌써 결혼했을 거라고 대답하더구나. 나는 벙어리처럼 아무 말도 못했단다.

그를 두번째로 본 건 피크닉을 갔을 때였어. 역시 그는 또 내 손가락에다 입을 맞췄지. 이번에는 조롱기 어린 웃음을 띠고서 그를 쳐다보았지. 그가 말했어. '이런 야외에서 손에다 입 맞춰서는 안 된다는 걸 압니다. 하지만 당신에게라면 전 어디서건 입을 맞출 겁니다. 그리고 손에만 입 맞추지도 않을 겁니다.'

몇 달 뒤, 망연자실해하는 이모들을 두고서 나는 결혼했단다.

사실 아무것도 모른 채 어서 빨리 인생을 맛보고 싶어하는 어린 소녀의 결혼 승낙에 대해서는 그다지 말할 게 없단다. 그건 진짜 사랑이라기보다는 날아오르려는 시도였고 호기심이었지. 나의 첫번째 남편은 하나의 구실이었고 탈출구였지. 열일곱 살에 나는 명철하고 단호한, 두려워서 사납고 너무 순진해서 잔인한 작은 동물이었단다."

그녀는 빵조각을 씹으며, 녹아서 방금 손에 떨어진 버터 방울을 핥았고, 나를 더욱 가까이서 살폈다. 하지만 사실은 나를 쳐다보고 있지 않았다. 나를 보지 못했다.

"1771, 이건 레아 이모의 향수 번호였어. 지금도 만드는지 모르겠구나."

"레아 이모가 어떻게 돌아가셨는지 알아? 네게 너무도 많은 걸 얘기해서 이따금은 잊어버려. 내가 했던 말을 또 하거든 얘기해 줘. 똑같은 말을 반복하고 싶지는 않아. 그럴 시간이 없어. 네가 아주 착하긴 하지만 그걸 참아낼 인내심이 그렇게 많진 않겠지. 아니라고 하진 말아줘."

내가 포스카에게 말하지 않은 건 그녀가 자신의 기억을 내게 이야기할 때 절대 같은 말을 반복하지는 않는다는 것이었다. 그녀는 내게 한 말도 잊지 않았다. 다만 매번 사실에 다른 식으로 접근하는 것 같았을 뿐이다. 사실이 매번 달랐다는 얘기가 아니다. 그녀는 현실과 이야기를, 기억과 현재 순간을 분명하게 구분할 줄 알았다. 나로선 뭐라고 응수할 말이 없었다. 그 빠져나갈 구실들을 우리는 둘 다 받아들였다. 진실에 대한 생각에 바쳐야 할 조공처럼.

게다가 나는 그녀가 약간은 상처받기 쉬운 성격이었다고 생각한다.

"레아 이모가 돌아가셨을 때 난 막 서른다섯 살이었단다. 네 나이쯤 되었지. 이모는, 어디 보자…… 예순셋이었어.

이모는 여전히 활기 넘치고, 참을성은 없지만 현명하고, 여전히 친절하면서 거침없었지. 다만 세월에 캐러멜 입힌 사과처럼 졸아들었을 뿐이었지. 이모는 아주 말랐는데, 설탕을 듬뿍 넣은 카페오레밖에 먹지 않았어."

"기막히게 화창한 어느 아침에 일어난 일이었지. 이다 이모가 내게 코코아 한 잔과 크루아상 하나를 침대로 가져다주었고, 마리나 이모가 평소 때처럼 똑같은 말과 행동을 하며 그 뒤를 따라왔어. 다시 한번 변함없는 의식대로 나는 이다 이모에게 아침식사로 코코아도 크루아상도 싫다고, 진한 블랙커피 한 잔만 마시겠다고, 할 수 있다면 두 배로 진한 커피면 좋겠다고, 그리고 그런 지가 벌써 20년도 더 되었다고 말했지.

이다 이모는 내게 똑같은 노래를 반복했지. 그게 우리의 의식이었으니까 나는 끝까지 따라야만 했어. 하루 종일 아무것도 먹지 않더라도 아침만큼은 꼭 먹어야 한다고 이모는 말했어. '하루 종일 아무것도 먹지 않더라도.' 마리나 이모가 덧붙여 말했지. '특히나 날씬하고 싶다면 더더욱 그래.' 이다 이모가 말했어. '그렇지. 특히나 날씬하고 싶다면 그렇고말고!' 마리나 이모가 잘라 말했지.

마리나가 이다를 뒤따랐고, 두 사람은 창문 양쪽으로 가서 묵직한 커튼을 실크 매듭 쪽으로 끌어모았지. 창문 손잡이가 옴짝달싹하지 않았어. 나무에 습기가 배어 있었던 거야. 마리나와 이다 이모가 힘을 합쳐 밀자 갑자기 문이 열렸지.

그때 레아 이모가 창문 앞을 지나가는 것이 보였어. 이모는 위

층에서 떨어진 거야. 치마와 장식 밑단이 달린 속치마와 블라우스
가 돌돌 말려서 마치 돌풍에 휩쓸린 물결무늬의 나비 같았지."

꽃잎 진 장미의 막다른 길

"꽤 한동안 침묵이 이어졌어. 그러다 이모들은 서둘러 아래층
으로 달려갔고, 나는 위층으로 올라갔지. 내 발이 몇 톤은 되는 것
처럼 무거웠어. 레아 이모가 떨어진 창문에서 나는 짓이겨진 꽃들
위로 잘못 베어진 짚단처럼 이모들이 서로 포개져 있는 걸 보았
지. 레아 이모의 몸은 흰 코스모스 화단 속에서 나뒹굴고 있었어.
피는 붉은 것이 아니라 검었지. 상상하기도 싫구나.

다른 것도 눈에 띄었지. 레아 이모가 털던 시트가 베란다 바로
위쪽 벽에 삐죽 나온 녹슨 못에 걸려 있었어. 이모는 아마도 그걸
빼려고 당기다가 몸의 균형을 잃고 떨어졌던 모양이었어. 이 일은
우리에게 큰 의혹의 여지를 남겼지.

레아 이모가 우리를 생각해서 보여준 마지막 극단적 예의는 바
로 이 불확실성에 있지."

양손으로 맞잡은 카페오레 잔. 파리식 아침식사와는 몇 광년
떨어진 아침식사. 김 모락모락 나는 잔 표면에서 흔들리는 굳은
우유막. 포스카는 홀짝였고, 나는 마셨다. 우리는 둘 다 굳은 우유

막을 좋아했다.

그녀의 얘기를 듣고도 나는 버터 바른 커다란 빵 조각을 맛있게 먹었고, 포스카의 손에 들린 빵마저 노리고 있었다. 그녀는 생각 속에 빠져 있었다. 늘 그렇듯이 배가 고프지 않은 모양이었다. 레아 이모가 말년에 그랬던 것처럼.

적어도 그녀는 아직 약 상자를 꺼내지는 않았다. 모든 게 잘 되어가고 있다고 믿을 수도 있을 것 같았다. 이 여행이 마지막 여행이 아닐 것이며, 포스카를 잃게 되지도 않을 것이라고.

그녀는 내 눈 속에서 이런 생각들을 읽었다.

"왜 날 그런 눈으로 보는 거냐?"

그녀가 내게 물었다.

"옷 입으신 걸 보고 감탄하고 있었어요."

그녀는 미심쩍은 눈으로 나를 살폈다. 나는 힌트라도 주듯 내뱉었다.

"할머니의 금욕주의 말이에요."

"늙은 친구에 대해서 너 또 잘못 생각하는구나. 내 옷차림은 금욕주의 때문이 아니야. 내 몸에서 최상의 것을 끌어냈다는 확신, 가장 정직하게 내 몸을 다루었다는 확신일 뿐이야. 나는 꿈의 몸을 좇다가 (많은 여자들이 그렇듯이 청춘기에 말이다) 이젠 휴식의 몸을 좇게 되었지. 이제는 고통이 없다는 것만으로도 이미 기쁘단다. 그 이후를 생각해봐야 하겠지만 아직은 그럴 때가 아니야."

그녀는 들고 있던 빵조각을 물끄러미 처다보았다. 그게 왜 거기 있을까 생각하는 것 같았다. 그녀가 다시 말을 시작했다.

"난 고행에는 전혀 취미가 없어. 고통이 오점을 씻어준다고, 속죄가 고통을 통해 이루어진다고 생각해본 적이 한번도 없어. 오히려 그 반대야. 고통은 나쁜 관습이지. 더러운 습관이야. 이 학설을 수호하는 사람들은 오랫동안 육체를 혐오해왔고, 혐오하는 걸 좋아했거나 아니면 혐오하는 척했지. 은총은 고행을 통해, 고행은 박해받음을 통해 이루어져야만 했지. 각양각색의 광신도들도 이 점에서는 서로 닮았어. 육체를 경멸함으로써 육체를 초월해야 한다는 생각 말이다.

어느 날 병원에서 한 수녀가 병든 아이의 머리맡에서 아이의 부모에게 아이의 고통과 그들의 고통을 하느님에게 바치라고 하는 소리를 들었어. 마음 같아선 그 수녀의 목을 조르고 싶었지. 그리고 그 수녀의 고통을 하느님에게 바치고 싶었어."

"너를 지켜보면, 네 완벽한 종아리를, 네 관자놀이와 목덜미의 부드러운 솜털을 쳐다보고, 향긋한 네 향기를 맡을 때면 나는 더할 나위 없이 행복해. 건강은 미덕이야. 미덕은 행복하게 만드는 것이지. 행복은 사람을 사랑스럽고 부드럽게 만들지. 부드러운 사람들은 천국에 갈 거야."

잠자리(Dragonfly)

다시 길을 떠났다. 나는 마음 내키는 대로 달리고 싶었다. 여행자의 호사를, 자신의 삶은 잊고 하루 동안 다른 삶들을 경험하게 해주는 이 기분 좋은 가벼움을 계속해서 누리고 싶었다.

우리는 라디오로 클래식 음악을 들었다. 자기 자리에 말없이 웅크린 할머니는 지친 것 같아 보였다. 갑자기 베토벤 음악이 우레 같은 랩 속으로 미끄러져 들자 나의 승객은 고양이 울음소리를 냈다.

그녀는 이날의 첫번째 담배에 불을 붙이더니 호기심 어린 눈으로 유심히 살폈고, 거의 형식적으로 기침을 살짝 하더니 조심스레 담배를 재떨이에다 껐고, 창밖으로 던졌으며, 신선한 공기가 조금 더 들어오도록 창을 열어두었다.

차 안은 아늑했다. 바깥 풍경처럼 모든 게 달아났다. 포스카의 총명함은 주변 사람을 총명하게 만들었다. 그녀는 자신의 자유를 나눌 줄 알았고, 자유를 부추길 줄도 알았다. 그리고 무례함의 가치를 강철처럼 단단히 믿었다.

"난 결혼을 혐오해. 내 결혼도 남의 결혼도 혐오해. 내 결혼은 개인적 이유로 혐오하고, 다른 사람들의 결혼은 날 따분하게 만들어서 싫어. 결혼식, 의례, 하객들, 선물들, 이 모든 게 사랑과는 아무런 상관이 없지. 결혼은 서로 다른 이유로 양편에 유익한 계약일 뿐이야. 보장받을 필요성 같은 것이지. 마치 사랑이 보장받을 수 있기라도 한 것처럼 말이야. 호랑이를 우리 속에 가두는 것이나 마찬가지야.

그 엄청난 농담에 증인이 되려면 은으로 된 티스푼이나 크리스털 꽃병이나 재활용 찻잔 세트 같은 걸 선물해야 하지. 그런데 사랑을 하는 데 찻주전자가 필요한 사람이 어디 있어? 이 사실을 깨닫는 데는 시간이 필요했단다. 그렇지만 내가 누군가에게 찻주전자를 들고 침대로 오라고 한 적이 있었겠니? 사랑을 나누는 동안 반지를 끼워달라고 한 적이 있었겠냐고.

여자들은 사랑받기 위해 섹스를 제공하고, 남자들은 섹스를 얻기 위해 사랑을 주는 것 같아. 꼭 틀린 말은 아니야. 하지만 그 반대도 사실이지. 얼마나 많은 남자들이 음탕한 여자들에게 상처를 입고 중처럼 되었을까? 그래서 우리가 결혼이라고 부르는 곤두박질로 사태를 해결하려는 것이 아니겠어?"

그녀는 더 낮은 목소리로 말을 이었다.

"그렇게 간단한 일이었으면 좋겠어. 내 경우를 얘기하자면 나는 더듬거리며 나아갔지. 나는 경험론자였으니까. 나의 첫번째 결혼은 무효나 다름없었고, 두번째 결혼이 지속된 건 내가 아직 젊어서 여전히 어리석었기 때문이었지. 두 경우 모두에 대해 내가 내세울 수 있는 유일한 변명은 기나긴 젊음이었어. 하지만 아무리 젊은 사람도 결국엔 덜 젊게 되고 말지.

나의 첫번째 결혼은 하나의 기다림이었어. 나의 정중한 약탈자는 내가 흐느끼는 동안 내 손을 잡아주는 친절한 동반자로 변신했지. 나는 왜 내가 불행했는지 잘 알지 못했어. 마치 내게 멋진 장난감을 약속해놓고 결국 안 준 것 같은 느낌이었지.

처음으로 나는 나 자신과, 진짜 시련과 맞닥뜨렸지. 그걸 무엇이라 불러야 할지는 몰랐지만 말이다. 카밀로는 이따금 우리의 커다란 침대로 나를 찾아왔지만 금세 내게서 흥미를 잃고 말았어. 그러자 자기 스튜디오의 소파로 돌아가버리더구나. 그는 내게서 전혀 욕구를 느끼지 못했고, 나는 무엇이 문제인지조차 알지 못했지.

나는 어떻게 진행되어야 하는 건지도 알지 못했고, 그저 방어만 했어. 카밀로는 더할 나위 없이 야성적인 소녀가 고분고분해지는 순간, 어린아이의 수줍음이 호기심으로 변하고, 이어서 격정으로 변하는 순간의 근처에도 못 가보았지.

웃기지 않니? 내가 너한테 남자와 욕망에 대해 말하겠다고 약속해놓고선 나를 진심으로 원하지 않았던 두 남자에 대해서만 얘기하고 있으니 말이다."

꽤 오랜 침묵 끝에 나는 용기를 내어 물었다.

"그럼 끝내 처녀로 남았단 말씀이세요?"

"그래. 난 결혼기간 내내 동정을 잃지 않았단다. 카밀로를 발랑틴의 방에서 발견하던 날 우리 결혼은 끝이 났어."

"발랑틴이 누군데요?"

"내 사촌 여동생이지. 나도 아주 좋아했고, 그애도 날 무척 좋아했지."

"그런데 사촌은 어떻게 그럴 수가 있었죠?"

"가여운 발랑틴. 그애는 자기가 원인이었다는 걸 끝끝내 알지 못했어. 셔츠를 열어젖히고 바지를 내린 카밀로를 내가 발랑틴의 방에서 발견했지. 휘둥그래진 눈과 시뻘건 얼굴을 하고서 그는 그녀의 침대 발치에 서있었어. 오후 낮잠 시간이었지. 그는 그애를 건드리지도 않았어. 그냥 그렇게 서있었을 뿐이었지. 그가 나를 향해 고개를 돌리더니 마치 나를 처음 보는 양 쳐다보더구나. 그때 발랑틴은 아홉 살이었어."

지중해의 향수

우리는 이탈리아와 프랑스의 경계 지역인 망통의 거대한 호텔 방에서 밤을 보냈다. 호텔은 낡았지만 고상했고, 약간 지저분했다. 냉방기는 제대로 작동하지 않았다. 커다란 야자수들이 창문 앞에서 공기를 휘젓고 있었지만, 우리는 께름칙하고 미적지근한 열기 속에서 땀을 흘렸다.

포스카는 지쳐서 금세 잠이 들었다. 나는 이 여행의 대부분의 시간 동안 보초가 된 느낌이었다. 지키는 것을 곧 잃게 되리라는 걸 의식하면서도 평온한 보초.

포스카는 내가 악착스레 집착하는 은신처로부터, 공휴일도 없는 내 일로부터 나를 끌어냈다. 은신처와 일이 내게는 나의 정체성과 자율성을 주장하는 방식이었다.

내 호텔방들은 내 자유의 상징적 장소요, 앞을 향한 도주의 단계들이었다. 쿠스코, 델리, 바르소비, 멕시코, 뉴욕, 베를린, 카프리의 호텔방들이었다. 전적으로 낯선 장소들 속의 이 섬들은 하룻밤 동안 나의 냄새를 취했다.

마라케시, 로마, 파리의 방들도 있었고, 나폴리, 프리스티나, 샌프란시스코의 방들도 있었다.

내가 잊어버린 방들도 있다.

언제나 똑같은 행동이 반복되었다. 호텔방에 들어갈 때면 나는 시차로 인한 피로 때문에 멍한 상태였다. 여행가방을 열고, 두세 가지 옷을 꺼내어 편다. CNN 뉴스를 듣고, 마돈나나 조지 마이클 노래에 그 지역 특유의 크루너(낮은 목소리로 감상적인 노래를 하는 가수)의 노래를 가미해 들으며 샤워를 한다.

페루에서 'Top 10'에 드는 가수는 포마드를 바른 커다란 콧수염에 이글거리는 눈을 하고 있었는데, 마초에 감미로운 목소리를 지닌 델리의 한 가수와 태어나자마자 헤어진 쌍둥이였다. 두 사람 모두 비만으로, 둘 다 미친 처녀들을 위해 이상적인 합창곡을 노래한다. 베사메, 소아베멘테 베사메, 인텐사멘테 베사메(키스해줘요, 부드럽게 키스해줘요, 강렬하게 키스해줘요).

그러고는 냉장고 속을 들여다본다. 미니 위스키, 반 병짜리 백포도주, 엄청나게 비싼 미니 물병들. 그리고 때로 실내 가운 차림으로 침대 위에서 이해할 수 없는 66개의 채널을 가진 텔레비전을 보며 식사 대용으로 때우곤 하는 토블론 초콜릿 하나를 먹는다. 한번은 산레모 페스티벌에 관한 방송을 네 시간이나 보았다. 그때는 어느 일요일 아침이었고, 저녁이었던 어느 곳에서 막 도착한 참이었다. 터키어로 된 방송이었다.

때로는 저녁을 먹으러 혼자서 호텔 레스토랑으로 내려가 인정 많은 호텔 지배인의 서비스를 듬뿍 받기도 했다. 때로는, 사람들이 생각하는 것보다 훨씬 드물게, 나만큼이나 외톨이인 허깨비들의 유혹을 받았다. 비록 그들에게 희망의 여지를 조금도 남겨주지는 않았지만 그래도 나는 그들을 고맙게 여겼다. 때로는 호텔 바에서 잔뜩 마시고 침대까지 기어와서 옷을 입은 채 잠이 들곤 했다.

나의 호텔방들.

눈을 뜨기 전, 꿈인지 현실인지 분간이 가지 않을 때의 멈춰버린 시간과 잠을 깬 건지 의심스런 순간. 아직 현실은 아니면서 더이상 꿈도 아니다.

이런 순간에는 내가 어디 있는지를 알지 못한다. 내가 잠을 자고 난 방이 빙빙 돈다. 침대가 창문 앞에 있는지, 창문이 열렸는지, 창문이 있기나 한지 혹은 어떤 침대 위에 내가 누웠는지? 침대가 있긴 한지?

때로는 비행기에서 기진맥진해서 몇 분간 살짝 잠이 들었다. 한번은 눈을 떴는데 주변이 온통 사막이었다. 해는 중천에 떠 있었고, 움직이려고 하니 온몸이 욱신거렸다. 밤사이 모래언덕은 차가운 바람에 쓸려갔다. 잉크처럼 새카만 한 아이가 빨간색 반바지와 맨살에 줄무늬 양복 상의를 걸친 차림으로 그다지 멀지 않은 곳에 웅크리고 앉은 채 나를 지켜보고 있었다.

곧 다른 아이들이 말없이 모래 위를 걸어왔다. 나는 일어나서 손바닥을 쳤다. 그러자 모두가 사라졌다. 첫번째 아이만 꼼짝 않고 남아 있었다.

몬트리올에서는 어떤 소리 때문에 잠에서 깼다. 눈을 떠보니 전면 유리문 앞이었다. 그 너머로는 불 켜진 사무실들이 있었다. 사무실 안에는 아무런 움직임도 없었다. 고층건물들 사이로 보이는 하늘은 새카맸다. 눈이 내리고 있었다. 나는 시트로 몸을 감고 커튼을 걷었다. 나는 평온했고, 나는 아무도 아니었다.

밴프 스프링에서는 선잠을 두어 시간 잔 뒤로 지옥 같은 시차 때문에 잠들지 못했다. 새벽 여섯 시, 첫 햇살이 비치기 직전, 산 위로 맑은 하늘이 보였다. 산봉우리가 하얗게 밝아오고 있었다. 뾰족한 봉우리 위로 솜 같은 콧수염이 흩어졌다. 하늘이 경직되면서 차가워졌다. 가느다란 햇살이 산 옆구리를 비추더니 저 멀리 전나무 숲을 노랗게 물들였다. 나는 창가에서 유리창에 베개를 댄 채 다시 잠이 들었다.

야릇한 잠, 야릇한 눈뜸. 나는 여러 날, 여러 장소들을 쏘다녔고, 그 시간과 장소들은 여행하면서 꾼 열에 들뜬 꿈들과 뒤섞였다. 한번은 영국의 어느 공원에서 잠이 들었다. 여름 끝무렵의 미적지근한 비를 맞고 잠에서 깬 나는 바로 옆 푯말에 다음과 같이 적힌 것을 보았다.

"CAUTION, DEAD SLOW DOWN CHILDREN PLAYING."
(죽은 아이들이 조용히 놀고 있으니 주의하시오!)

나는 어느 곳에도 속하지 않았고, 들르는 곳곳이 모두 잠시 스쳐가는 곳이었다. 포스카에게도 마찬가지였다. 내 집에서조차도 나는 내 집에 있지 않았다. 대부분 떠나왔고, 다시는 발을 들여놓지 않았다.

이따금 엄마에게 전화를 걸었다. 엄마를 '폴린'이라는 이름으로 불러야 한다는 것이 나로선 언제나 이상했다. 엄마는 자기를 맡아 길러준 가정에서 자라면서 아직 소녀였던 열일곱 살에 나를 임신하게 되었다. 그래서 내가 엄마라고 부르는 걸 견디지 못했던 것 같다. 아버지는 강요에 의해 어쩔 수 없이 엄마랑 결혼을 했고, 그 후 그들은 매일같이 서로를 못살게 굴 궁리만 했다. 큰 악행이 아니라, 그저 자유롭게 숨 쉬는 걸 막는 사람들의 작은 해악 말이다. 기이한 부부였다. 불행을 추구한다는 공동의 목표가 두 사람을 연결하는 끄나풀인 것 같아 보였다. 행복을 추구한다는 정상적 목표가 맺어주는 것보다 훨씬 강력한 관계였다. 그들은 늘 함께 지냈기 때문이다.

내게 포스카는 이전 시간과 이후 시간을 나누는 경계선이었다. 그녀는 행복해지려면 불행해지는 것보다 훨씬 더 많은 용기가 필요하다는 것을 내게 깨우쳐주었다. 그리고 그녀와 더불어 나는 더 이상 원망하지 않게 되었다. 내가 사랑받지 못한 것은 내 잘못이 아니라고 생각하게 된 것이다.

고요한 아침의 나라에서

　포스카는 나를 어떻게 부추겨야 하는지를 알았다. 망통의 수트 룸에서 자고 난 이튿날 아침식사 식탁에서도 그랬다.

　"폭탄 맞은 수세미 같은 그 짧은 머리는 뭐니? 좀 웃어보렴! 아무리 그래도 넌 예의바르지 못한 타입은 못 돼. 그건 네 타입이 아니야. 얼굴은 또 왜 그러니. 내가 아는 네 얼굴은 항상 똑같았어. 오늘 아침 얼굴은 아니야. 어떤 얼굴이냐고? 사내가 되다 만 예쁜 여자아이의 얼굴이지. 근본적으로 정직하고 고상한 얼굴.

　자, 그렇게 보기 흉한 얼굴 그만하고, 웃어봐. 부탁이야. 그래. 한결 낫구나. 대체 무슨 일이니? 잠을 잘 못 잤어? 한숨도 안 잤어? 너랑 같이 친구해주지 못하고 밤새도록 나무토막처럼 잔 내가 부끄럽구나. 네가 원망하지 않는다는 건 잘 알아. 그러면 밤새

뭘 했니? 생각? 밤에 생각하는 건 낮에 생각하는 것과 다르지.

'잠든 이성은 괴물들을 낳는다' 는 말은 밤의 헛된 생각들에도 해당되는 말이야. 우리가 곱씹는 추억들, 끝내 삼키지 못하는 오래된 욕설, 산처럼 키우는 실패, 죽은 사랑들. 그래, 나는 알지. 네게 말해줄 게 단 한 가지밖에 없어. 내가 잠을 못 잤던 건 삶을 신뢰하지 않을 때였다는 거야. 깨어 있는 건 압박을 결코 늦추지 않는 방식이고, 운명을 미끼로 내건 일종의 협박이었어. 사실 마음속으로 너는 번민의 시간을 좋아하고 있는 거야. 그건 나이 때문이기도 하고, 또 네 기질 때문이기도 하지. 내겐 다른 할 일이 있어. 내게 남은 삶은 나의 죽음을 확정짓는 것이 될 거야. 아마도 너는 내가 '운명' 이니 '사망' 이니 또는 '사라짐' 같은 말을 쓰는 걸 더 좋아할 거야. '떠남' 이라는 말도 괜찮겠어?

아니야, 난 결정적인 말이 더 좋아. 교리문답 교육에서, 연옥과 천국 사이를 넘나드는 이 이상한 나들이에서 내가 얻은 건, 연옥에서 정해지지 않은 시간 동안 뜨거운 물에 삶아지느니 차라리 지옥에서 0.5초 동안 불에 태워지는 것이 낫다는 말이야. 천국으로 말하자면, 오늘 아침과 똑같은 오렌지꽃 향기가 그곳에 떠돈다면 나는 행실을 고치겠다고 약속할 거야. 회개하는 건 편리한 일이 아니겠어? 더구나 얼마나 즐거운 일이니! 범행 장소로 돌아가서 마지막 남은 쾌락을 짜내는 것이니 말이다.

좋아. 네 미소가 돌아왔구나. 앞으로도 내게서 네 미소를 앗아가지 말아줘. 유용하게 쓸 데가 많을 거야. 그리고 〈르 몽드〉(Le

Monde. 프랑스의 대표적인 일간지. '르 몽드'는 '세상'이라는 의미) 뒤로 숨는 짓 좀 그만둬. 게다가 이미 오래된 신문이야. 그만 갈까?"

"어디로요? 계속 가요?"

"그런 셈이지. 저 언덕 위, 내가 아는 정원으로 가서 햇볕을 받으며 벤치에 좀 앉자꾸나. 카밀로와 나의 잘못된 결혼 뒷이야기를 들려주마."

망통에서 발 드 고르비오로 이어지는 길을 가는 동안 그림자가 우리 위로 드리워졌다.

포스카가 안내한 곳은 '세르 드 라 마돈느(Serre de la Madone)'라는 이름의 정원이었다. 정원의 철책에는 출입을 금지하는 장애물이라기보다는 장난감 같은 맹꽁이자물쇠가 채워져 있었다. 사람이라곤 없었다.

얼마 후 양손엔 온통 흙을 묻히고 굳은 얼굴을 한 누더기 차림의 한 청년이 나타나더니 문을 열어주고는 우리 앞을 걸어갔다. 첫번째 모퉁이에서 그는 사라져버렸다.

우리는 커다란 실편백나무 근처에 멈춰 섰다. 장미나무가 실편백나무를 휘감아 올라가고 있었다. 송이가 탐스럽고 단단한 장미들은, 무엇 하나 놓치는 법이 없는 포스카가 힘주어 말했듯이 "흥분한 소녀처럼 선홍색"이었다.

포스카는 예전에 이모들과 이곳에 머문 적이 있다고 얘기했다.

레아 이모는 이곳의 소유주인 로렌스 존스턴 소령을 알았다고 했다.

그녀가 덧붙여 말했다.

"그는 이런 장소들의 일부나 다름없는 사람이야. 불이 꺼지고, 마지막 무도회 뒤에 반쯤 열린 채 남은 방들, 영원히 기품이 깃든 버려진 집들, 그리고 이곳처럼 요정들이 사는 정원들 말이야."

포스카는 지팡이를 멀찍이 짚고서 숨을 헐떡였다. 그러는 동안 나는 그녀의 자존심을 상하게 하지 않고 기다리기 위해 데이지꽃을 쳐다보는 일에 몰두하는 척했다. 마침내 우리는 가짜 고원에, 이슬로 뒤덮인 잔디밭에 올랐다. 가운데는 두 그루의 아주 오래된 알레프 소나무가 전망과 어우러지고 있었다.

"콩스탕스, 저길 좀 봐. 페르골라(담쟁이덩굴로 지붕을 만든 정자), 오렌지나무 정원, 연못으로 내려가는 돌계단, 정자, 무어풍 정원, 노란색 큰 집……. 소령은 이 정원에다 그의 모든 시간과 열정과 전 재산을 쏟아부었어.

여행을 자주 다닌 그는 알프스의 식물들과 희귀종 동백꽃을, 독말풀과 중국의 모란꽃을 가져왔지. 그 후 전쟁 때문에 이 빌라를 버리지 않을 수 없었지만.

나는 그가 다시 돌아왔을 때 그를 알게 되었어. 그 사이 세상은 바뀌었지만 그는 바뀐 세상을 보지 못하는 척했지. 그의 정원은 크게 타격을 입었지만 그는 모든 것이 예전처럼 될 수 있다는 듯이 쉬지 않고 일했어.

전쟁은 체계를 무너뜨리고 죽음을 가져올 뿐만 아니라 악한 본성의 승리도 가져오지. 아름답고 선한 모든 것을 어김없이 몰락으로 이끄는 본성들 있잖니. 마치 자신이 아름다움에 걸맞지 않다는 사실을 알고서 그 아름다움을 파괴하는 것이 그걸 소유하는 유일한 방식이라도 되는 듯이 말이다."

"소령은 짓밟힌 자기 정원을 죽을 때까지 헤매다녔단다."

정원사의 느린 작업 소리와 기계적인 곡괭이 소리가 들려왔다. 그러는 동안 포스카는 이가 빠지기도 하고 깨진 걸 다시 붙여 이끼가 푸르게 끼기도 한 화분에서 꽃을 활짝 피운 난들을 내게 가리켜 보였다.

'비너스의 나막신'*도 있었다. 바닥에 놓인 작은 나무토막 위에 손으로 쓴 이름이 적혀 있었다. 부푼 낭과 암술의 외설스러움과 더불어 부풀어오른 꽃잎의 빛깔이 마음을 뒤숭숭하게 만들었다. 15분은 족히 그걸 쳐다보다가 다시 몸을 일으키니 무릎에서 삐걱거리는 소리가 났다. 포스카는 눈썹을 찌푸리고서 나를 살피더니 메마른 손으로 내 머리를 잡고는 이마에다 입을 맞추었다.

우리는 무어풍의 정원을 가로질렀다. 비가 내려 자기로 된 벽돌에 거무스레한 줄무늬가 그려져 있었다. 빌라의 문이 반쯤 열려 있었는데, 포스카는 주인이라도 되는 양 거침없이 문을 밀었다.

* Sabot de Venus, 개불알꽃. 외떡잎식물 난초목 난초과의 여러해살이풀로 요강꽃, 작란화, 복주머니란이라고도 한다.

덧문으로 햇살이 새어들어와 먼지가 춤을 추었다. 벽에 붙여진 꽃과 곤충 그림들에는 대개 짧은 시가 곁들여져 있었다. 포스카의 표현을 빌리자면 시들은 마치 흐느낌 같았다. 그녀가 나지막이 덧붙였다.

"이건 멜로스의 은신처인 게 틀림없어. 채털리 부인의 산지기…… 시인 정원사."

밖으로 나오면서 우리는 무화과나무 아래에 멈춰 섰다. 일종의 식물 히피 같은 그 나무는, 열매가 가지가 아닌 나무껍질에 바로 매달려 있었다. 정원의 가장 야생적인 구역에서는 노란 꽃들이 금잔화와 로즈마리 향기를 강하게 풍기고 있었다. 야생 제비콩의 일종이라고 포스카가 내게 가르쳐주었다. 이날 아침 포스카는 내가 알지 못했던 박식함을 드러내 보여주었다.

"정원들은 비밀스런 언어를 가지고 있지. 정원을 좋아하는 사람들은 유명한 섹스 편집광들처럼 동질다형들을 언급하지. 무화과나무나 이집트산 무화과, 철 이른 구근, 불확실한 브루그만시아 등을 애기하는데, 이것은 이 분야에 입문한 사람들의 메타언어지. 브로멜리아드류 식물에서 약간의 뉘앙스 차이를 보기 위해 한밤중에라도 일어나는 사람들 말이야."

미니마 모랄리아*

"세 가지 비밀을 알려줄게. 네가 눈물을 흘릴 가치가 있는 사람은 아무도 없는데, 어느 날 네가 이 예외적인 경우를, 네가 눈물을 흘릴 만한 존재를 만나게 된다면 그 사람은 너를 울게 하지 않으리라는 걸 알아둬. 아마도 네가 그를 울게 만들 거야.

두번째 비밀은 이거야. 사랑에 빠지는 데는 아주 짧은 시간으로도 충분하다는 것. 바람이 불거나 혹은 약간 고독하고 무료한 날, 햇살 좋거나 혹은 때 아닌 비가 내리는 날이면 충분해. 요컨대 그다지 큰 사건이 없어도 충분하단 말이지. 하지만 사랑에 빠지고 나서 밀려오는 파도를 막으려면 자기 시간을 모조리 쏟아부어야 하지. 그래도 결국 막지는 못해. 희미해지긴 해도 그대로 남아 있지. 거기에 속아선 안 돼. 그건 너의 일부가 되지. 네 기쁨과 네 눈물의, 네가 이긴 싸움과 지게 될 싸움들의 일부가 돼.

마지막 비밀은 이거야. 네가 이 두 가지 상태를 경험하게 해달라고 기도하라는 거야."

"이제 카밀로와 나 사이에 일어났던 일을 말해줘도 되겠구나. 우리 사이엔 아무 일도 없었어. 전혀 아무 일도 일어나지 않았지.

* Minima Moralia, '최소한의 도덕' 이라는 의미. 철학자 테오도르 아도르노의 책 제목.

문제가 될 정도로 아무 일도 일어나지 않았단다. 오, 물론 꽤 오랜 기간이었지. 교황의 서명이 실린 정식 파혼서를 얻어내는 데 몇 년이 걸렸으니까. 그때는 가장 중요한 당면 과제가 아니었으니까 그렇게 오래 걸린 거지. 여자 산부인과 의사, 이 나라 최초의 산부인과 여의사, 더구나 감히 말하지만 바티칸의 최고법원에 의해 곧바로 해고된 그 여의사가 나를 찾아와서 내 처녀막이 여전히 멀쩡하다는 걸 확인했지.

그 후 나는 교황청으로 불려갔고, 적어도 일고여덟 시간은 족히 심문을 받았단다. 5월의 어느 화창한 날이었는데, 빛바랜 프레스코화로 장식된 거대한 색색의 유리창을 통해 햇살이 비쳐들었지. 자줏빛 제의를 차려입고 나무로 된 옥좌에 편안하게 자리잡고 앉은, 아주 나이 많은 분이 있었는데, 무릎 위에 놓인 담요 아래로 감춰진 양손은 배꼽 부근에 다소곳이 모여 있었어. 그의 오른쪽에는 흰 담비를 닮은 한 남자가 기록을 하고 있었고, 왼편에 있는 또다른 남자는 마치 여자를 처음 보는 듯이 나를 쳐다보고 있었어. 그때만 해도 내가 어른들의 관심을 그렇게 오랜 시간 한몸에 받는 데에 익숙하지 못한 아직 어린 소녀였다는 걸 기억하렴. 나는 우쭐한 느낌이 들었던 것 같아.

내 상처가 마음에서 온 것이라기보다는 자만심에서 온 것이라는 걸 난 알고 있었어. 사랑을 할 때 사람들이 자주 착각하는 것 가운데 하나지. 나는 운 좋게도 아주 일찍 그 사실을 깨달았단다.

나는 청중의 관심을 끌려고 애썼지. 자기 말에 귀를 기울이는 누군가에게 자기 자신의 얘기를 하다 보면 도취되는 법이야.

나는 죽은 엄마와 이모들, 카밀로, 그리고 어린 발랑틴의 이야기를 했어. 흰 담비를 닮은 남자가 모든 걸 기록했고, 오후 네 시경에 나를 떠나게 해주었지.

운전수가 내 새차 운전대에 앉아 밖에서 기다리고 있었지. 우리가 헤어진 뒤로 카밀로는 내게 선물 공세를 퍼부었거든. 개중에는 나한텐 너무 커서 거추장스러운 장난감 같은 마세라티 8CM도 있었고, 안전한 곳에 넣어둔 재산도 있었지.

그렇지만 그가 죄책감을 느꼈던 건 아니야. 내가 어린 사촌의 방에서 그를 보고 난 며칠 뒤 그는 나를 따로 부르더니 자기는 사춘기 이전의, 여덟 살에서 열두 살 정도의 여자아이들에게 끌린다고 설명하더구나. 나의 어린 나이가 지나치게 어린아이들을 좋아하는 자기를 고쳐주리라고 생각했었는데 불행히도 그렇게 되지 않았다고 말이다. 하지만 나를 정말 많이 사랑했으며 내가 슬프지 않았으면 좋겠다고 말했지. 그런 행동을 함으로써 아무것도 요구하지 않은 그 불행한 아이들을 학대하는 거라고 생각하지는 않느냐고, 그리고 오히려 그 아이들의 순수함을 보호해주어야 하는 것 아니냐고 내가 묻자 그는 고개를 돌리더니 바로 대답하지 못하더구나.

그가 다시 나를 바라보았을 때는 그의 속눈썹이 젖어 있었어. 그는 제 뜻을 이루지 못한 아이처럼 침을 소리 나게 삼키더구나. 그리고 중얼거렸지. '당신은 알지 못해, 아무것도 알지 못해……' 어떤 어린 여자아이들은 말 그대로 그의 머릿속으로 마구 달려드는 것 같다고 중얼거렸지.

내가 그 사람에게 묻고 싶었던 질문들이 생각나는구나. 마음속으로 나는 그의 눈물을 믿지 않았지만 이상하게도 그에게 가혹하게 굴지는 않았어. 어쩌면 나 자신이 그의 어린 희생자들과 아주 가깝게 느껴졌기 때문인지도 몰라.

'스톡홀름 신드롬'이라고, 몇 년 뒤 나를 진찰한 정신과 의사가 말하더구나. 어려서 나는 몇 번이나 사내아이들의 침대 속에 들어갔고, 그애들이 집에 머무는 동안 열렬히 사랑했단다! 처음은 내가 세 살 때였어. 그애의 이름은 아르망이었고, 곱슬곱슬한 검은 머리와 사슴처럼 큰 눈망울을 가진 아이였지. 그애는 아침에 자기 침대에서 나를 발견하고는 꽤나 당황스러워했어. 키가 크고 수줍은 아이였지……. 그런데 이런 일은 다른 남자애들과도 일어났어. 다섯 살에, 여섯 살에, 더 위험하게는 열 살에, 그리고 열두 살에도.

하지만 그 남자애들은 한순간도 내가 그들의 머릿속으로 달려든다고 생각하지는 않았어. 아마 아이들의 천진함과 부드러움과 아름다움에 마음이 뒤숭숭해질 수는 있겠지. 그 사내애들도 어쩌면 이불 속으로 들어오는 여자아이로 인해 마음이 어수선했을 수도 있었겠지. 그렇지만 그애들이 부적절한 행동을 해서 내가 피해를 본 적은 없었어.

아주 어려서도 나는 나약함이 강인함과 마찬가지로 하나의 선

택 사항이라는 사실을 깨달았지. 하나의 의지라는 걸 말이다. 나
는 섹스란 자유의지가 동등하게 만들어주는 책임 있는 두 사람이
맺는 계약이라는 결론에 꽤 빨리도 도달했지.

이 단순한 규칙을 지키지 않는 사람들은 두꺼비처럼 추한 사람
들이야."

비

어느 순간부터 맴돌던 구름들이 계곡과 정원 사이에 몰려와 있었다. 소나기가 막 쏟아지기 시작할 무렵 정원사가 우리가 있는 곳으로 왔고, 억수 같은 비가 계란처럼 굵은 빗방울로 우리를 때리며 그야말로 쏟아져내렸다.

정원사는 내가 한번도 본 적이 없을 정도로 큰 우산을 들고 있었고, 친절하게 우리 머리 위를 받쳐주었다. 포스카는 눈꼬리가 올라가고 볼우물을 패게 만드는 멋진 미소를 그에게 환하게 지어보였다.

나는 제대로 된 그녀의 모습을 보았다. 깨물고 싶을 정도로 매혹적인 모습 말이다.

포스카, 내 비밀스런 스타! 그녀는 정원사에게 애교를 부리고 있었다. 등을 둥글게 만 수코양이 같은 그는 그런 그녀를 가만히 받아주었다. 그녀는 망통에 대해 말했다. 잠들었지만 매혹적인 이 작은 도시, 캐서린 맨스필드의 소설에 나온 것처럼 보이는 우리의 쓰러져가는 호텔에 대해 말했다. 그는 가만히 듣고 있었다.

그는 첫인상과 많이 달랐다. 가까이서 보니 얼굴과 핼쑥한 관자놀이에 파인 주름 때문에 그다지 젊어 보이지 않았다. 그에게는 자연스런 기품이 흘렀고, 너덜너덜하고 진흙투성이인 그의 옷은 매끈한 몸매에 완벽하게 들어맞았다. 특히나 그의 팔이 경이로웠다. 구릿빛 살갗에 탄탄한 뼈대, 어깨부터 손끝까지 불거지고 꿈틀거리며 살아 있는 근육질로 되어 있었다. 손톱을 짧게 깎은 흙투성이의 손가락들은 길고 뼈마디가 굵었으며, 손바닥은 넓고 오목했다.

산파의 손 같기도 했고 연주자의 손 같기도 했다.

"피아노 아니면 바이올린?"

내가 그에게 물었다.

그렇게 내가 두 사람이 주고받는 농담을 끊자 그들은 어리둥절한 표정으로 나를 쳐다보았다.

"콘트라베이스입니다."

그가 우비 아래로 웃으며 대답했다. 어쨌든 처음으로 웃는 얼굴이었다.

"아마추어입니다. 그다지 재능 없는."

포스카는 사내의 눈길 아래서 암탉처럼 웃었다. 나는 갑자기

유쾌해진 기분으로 고개를 끄덕였다.

눈꽃

우리는 정원을 떠나 비를 맞으며 망통으로 돌아왔다. 쓰러져가는 호텔의 거대한 소파에 꼭 붙어 앉은 채 우리는 졸았다. 낮은 탁자 위에 홍차 한 잔과 카밀레 한 잔을 놔둔 채. 빗줄기가 창문을 때렸다. 바람 때문에 종려나무 가지들이 창문에 부딪히며 신음 소리를 냈다.

포스카는 힘겹게 일어나더니 세수를 하러 욕실로 갔다. 어쩌면 약을 먹는지도 몰랐다. 돌아올 때 보니 그녀의 눈 밑으로 처진 주름이 거무스레해 보였지만 그녀가 웃고 있었기에 나는 그것으로 만족했다. 어쨌든 이야기를 계속할 힘은 충분히 있는 모양이었다.

"내가 스물여섯 살이었을 때는 한창 전쟁중이었지. 카밀로의 부인으로 꽤 세월을 보냈지만 나는 여전히 어린애였어. 사랑에 대해 아무것도 모를 뿐 아니라 무엇이 결핍된 것인지조차 알지 못했으니까. 인생의 소용돌이에 휘말린 때였지.

니켈을 만났을 때 나는 나무에 열린 열매처럼 성숙한 상태였고, 뉴턴의 사과처럼 그에게 떨어졌어. 어느 날 저녁, 내가 우리집 부엌에 있을 때 말이야.

카밀로의 돈으로 불로뉴 숲에 마련한 작은 집에서 송년 파티를 열었지. 그때는 아직 몰랐었지만, 그날 밤을 넘기면서 전쟁의 마지막 해가 시작되었지. 물자 부족에도 불구하고 나는 포도주 몇 병을 내놓을 수가 있었어. 이모들이 전쟁 전에 이탈리아에서 보내온, 가르드 호수 부근이 원산지인 자극적인 레드 와인 한 병과, 맛이 변하기 전에 마셔야만 하는 화이트 와인 한 병이었지.

니겔이 내 어깨에 손을 얹었어.

누군가 홀에서 피아노를 연주하고 있었지. 초대 손님들의 중얼거림과 웃음소리가 간간이 들렸어. 바흐의 조곡이었던 게 틀림없어. 내 손에서 떨어진 병이 그가 내 어깨에 손을 올리기 전에 미끄러졌던 것도 틀림없고, 요리사가 내 얼굴색이 변하는 걸 보았던 것도 틀림없어. 이 모든 일이 순식간에 일어난 것도 틀림없지. 비록 지금은 이 모든 일들이 느린 화면으로 눈앞에 그려지지만.

어떤 비밀스런 인내의 문턱이 있어서, 그걸 넘어서고 나면 갑자기 이전의 삶에 맞서게 되는 것 같아. 내가 채 뒤를 돌아보기도 전에 이미 그를 사랑하게 되었던 게 틀림없어.

니겔은 춤이면서 벌이고, 애무이자 폭력이고, 번민이자 절망이며, 분노이면서 광기 어린 웃음이고, 그 밖의 또 다른 무엇, 내가 알지 못하는 모든 것, 내가 아닌 모든 것이었어.

니겔은 형리(刑吏)이면서 고문 받는 사람이 실신할 때 얼굴에 뿌려지는 물이며, 고난이자 고난 가운데의 휴식이었지. 울부짖지 않고 태어나는 사람은 없어. 니겔은 나의 첫번째 울부짖음이었어.

나는 정신이 나갔고, 그의 정신을 나가게도 만들었지."

"그가 내 어깨에서 손을 치우더니 내게 말을 걸었어. 침실의 목소리, 조종사의 목소리, 익살과 조소가 살짝 담긴 제대로 교육받은 남자의 목소리였지. 동양인 같은 눈, 젖은 듯한 머리카락. 내 목덜미에 닿을 듯한 커다란 입. 이것이 내가 들은 것이고, 마법에 사로잡힌 자세로 뻣뻣이 몸은 굳은 채 고개만 돌리면서 내가 본 것이야. 내게 한 말의 의미를 내게 이해시키기 위해 그는 여러 차례 되풀이해야만 했지.

'침실은 어디 있어요?'

'네?'

'침실이 어디 있냐고요?'

'그러니까…… 침실이라뇨…… 제 침실 말인가요? 저랑 침실로 가고 싶으신 거예요?'

그가 기이하게 몸을 뒤로 젖혔고, 웃음소리가 아주 낮게 터져 나왔단다.

'이봐요 아가씨, 술을 너무 많이 마셔서 어디라도 얼른 눕혀야 할 부인이 있는데 그럴 방이 있는지 모르겠군요. 그리고 나머지 말은 듣지 않은 걸로 하겠습니다.'

이 말에 나는 정신이 번쩍 들었지. 청년은 앞장서서 거실을 가로질러 갔고, 곧 웬 뚱뚱한 부인을 부축해서 손님방까지 나를 따라왔지.

그런 다음 그가 내 곁으로 다시 왔단다. 나는 넋이 나간 상태였으니 분명히 바보 같아 보였을 거야. 그는 남자들이 우리를 욕망할 때 짓는 집요한 표정의 얼굴을 하고 있었어. 내가 그때까진 알지 못했지만 곧 알아보는 법을 배우게 될 표정이었지.

이날 밤, 나는 최고의 사랑을 알게 되었단다. 허기와 갈증을, 그리고 넌 당황스러워할지도 모르겠다만, 연민을 알게 되었지."

"우리가 호랑이 꼬리를 쥐고 있을 때는 감히 놓지 못하는 법이야.

모든 것이 우리의 경험이라는 필터를 통해 걸러졌고, 세상의 나머지는 한낱 시나리오에 불과했지. 우리 관계를 위한 하나의 구실일 뿐이었어. 니겔은 아주 솔직했단다. 난 차라리 그가 거짓말을 하길 바랐는데 말이다. 그러면서도 한편으로는 그의 진솔함이 고맙기도 했어.

내가 한 남자를 그렇게 사랑한 적은 그 이후로도 없었지."

포스카가 내 머리 위로 몸을 숙이자 그녀의 스웨터 소맷자락과 머리카락이 나를 스쳤다.

그녀는 탁자 위에 놓인 식은 카밀레 찻잔을 들어 한 모금 마시고는 늘 그러듯이 인상을 찌푸렸다.

"이 맛은 성홍열을 앓았을 때를 생각나게 하는구나. 카밀레 차는 맛이 없어. 쓰고 싱거워. 그렇지만 냄새만큼은 여름철 들판의 햇살 같아. 이 차만 마시면 내가 아플 때마다 이모들이 마시게 했던 수많은 마법의 물약이 생각나. 그때는 아프게 된 것이 얼마나 좋았는지 몰라. 내 코코아 잔에다 온도계를 담그고 37.7도가 될 때까지 기다리고, 눈이 올 때나 학교에 가기 싫을 때 침대를 지키는 게 얼마나 좋았던지! 마리나 이모가 아래층 거실에서 피아노를 연주하곤 했는데 희미하게 들려오는 음악 소리에 정말 마음이 포근해졌지."

포스카는 지포 라이터를 켰다 껐다 했다. 마지막 담배를 창문 밖으로 던진 뒤로 그녀는 담배를 피우지 않았다. 이상하게도 담배를 피우지 않는 내가 피우고 싶은 마음이 들었다. 그녀의 가방을 뚫어져라 쳐다보고 있는데 그녀가 다시 말을 시작했다.

"내가 니겔을 사랑한 것처럼 사랑한 남자가 그 뒤로도 없었다고 말했지……. 정확한 말이 아니야. 내가 하고 싶은 말은 사랑은 절대로 같지 않고, 사랑은 매번 할 때마다 다르다는 거야. 주는 사람에게나 받는 사람에게나 감정이 다르지. 세상에 많은 사람들이 있듯이 사랑에도 그만큼의 종류가 있는 것 같아. 난 배와 무화과와 샐러드를 좋아하지만 그것들과 결혼하지는 않을 거야. 이모들도 사랑하지만 계속 함께 살 정도는 아니야. 책도 좋아하고 함께 자기도 하지만…… 근데 이건 썩 좋은 예가 아닌 것 같구나.

쇼펜하우어는 인간이 고슴도치 같다고 했어. 가까이 다가갈수록 서로를 아프게 한다는 거지. 그래서 적당한 거리를 찾을 때까지 서로 멀어지는 거야. 그렇다면 니겔과 나는 우리 사이의 적당한 거리라는 것을 침입 금지로 생각한 게 아니었을까 싶어. 자제하면서 서로를 내주었기에 우리는 전부를 내주는 기쁨을 누리지 못했던 것이겠지. 서로에게 속하는 존재가 되지 못한다는 사실은,

따지고 보면 상대에게는 당연히 닫힌 보호 구역, 그러니까 진정한 자기 자신이 묻혀 있는, 감춰진 핵심이 묻혀 있는 그 땅에서 상대를 맴돌게 하는 게 아닐까 싶어.

깊은 사랑과 깊은 잔혹성만이 인간 존재의 핵심에 도달할 수 있어. 하나는 너를 살게 도와주거나 너를 죽게 만들 수 있고, 다른 하나는 확실하게 네게 사형 선고를 내려주지. 작가 프리모 레비는 다른 많은 작가들처럼 강제 수용소라는 극한의 시련을 겪고서 살아남았지. 그런데도 그는 몇 년 뒤 스스로 목숨을 끊었어. 삶과 인간에 대한 신뢰를 잃고, 그리고 희망마저 잃었으니 어떻게 살아가겠니?

운이 조금 따라준다면 너는 궁극적 표류에 휩쓸리게 될 거야. 그렇지만 난 네가 그 무시무시한 시련을 겪기를 바라고 있어. 또한 너는 중요하다고 믿었던 많은 것들이 쓸모없는 몸짓이라는 것도 알게 될 거야. 우리가 살아가는 용기를 갖는 것보다는 매일 의식적으로 자기 자신을 속이듯이 말이다.

니겔과 나눈 사랑이 내게 용기를 주었어. 우리의 마음의 일치가, 우리의 말다툼과 눈물, 그리고 주고받은 따귀조차도, 나를 삶으로 인도해주었지.

이런 말을 하면 이상해 보이겠지만 전쟁은 너무 빨리 끝났어. 우리에게는 전쟁의 끝이 곧 우리 이야기의 끝이었으니까. 나는 평화의 과부가 되었지."

폭풍 후

포스카는 이날 오후 그녀가 말한 것보다 훨씬 기진맥진해서 한두 번 졸았다. 그리고 황혼 무렵에 크래커 몇 개를 먹고, 아주 독한 파란색 알약과 함께 내가 주문한 죽을 먹었다. 그녀는 자는 걸겁내는 아이마냥 잠들고 싶어하지 않았다. 나는 그녀를 소파에 눕혔고, 늘 그렇듯이 그녀의 담요로 덮어주었다. 베개들은 팽팽하게 부풀어 있었고, 풀 먹인 천이 그녀의 머리 아래에서 바스락거렸다. 내가 베개를 바로 베어주기도 전에 그녀는 잠이 들었다.

다리가 근질근질해서 나는 망통의 밤거리로 나갔다. 비는 이미 그쳤고, 따뜻한 바람이 나뭇가지를 흔들어 인도 위로 물방울이 떨어졌다. 나는 다리도 풀고 생각도 정리할 겸 바지 주머니에 손을 집어넣은 채 바람을 피해 고개를 숙이고서 재빨리 걸었다. 내 생각은 그다지 밝지 못했다. 나는 포스카의 느린 하강을 대하면서 거역하고 싶은 마음이 들 때가 많았다.

내가 여기 있는 건 포스카의 덕택이었다. 나는 결코 벗어날 수도, 벗어나려고도 하지 않았을 것이다. 어쨌든 이렇게 밤에 홀로 있게 되자 내 앞에 놓인 긴 세월이 느껴졌고, 그 무엇도 밀봉되지 않았으며 끝나지 않았다는 느낌과 더불어 훨씬 더 분별없고 더 가벼워지는 자유 또한 되찾았다. 포스카는 마지막 단장을 하고 있었다. 그녀의 유려한 말, 그녀의 경험도 이 사실은 전혀 바꿔놓지는 못할 것이다. 내가 그녀의 이야기를 들어주는 사람이라는 사실로 뭘 바꿔놓겠는가?

이렇게 그녀 가까이서 산다고 해서 이미 내가 알고 있는 것 이상을, 내 삶이 내게 이해시켜준 것 이상을 이해하게 될까? 나 또한 도박을 했지만, 지금으로선 얻은 것만큼 잃기도 했다. 차이점이 있다면 내게는 다시 내기를 걸 시간이 조금 남아 있다는 것이다.

이날 밤, 호텔로 돌아오는 길에 마리화나 냄새가 코를 찔러 뒤를 돌아보았다. 호텔 입구 맞은편 가로등 아래에 세르 드 라 마돈느 정원사의 실루엣이 보였다. 그는 커다란 마리화나를 피우고 있었다.

나는 눈에 띄지 않게 조심해서 몸을 돌려 불 꺼진 도시를 걷다가 해변의 칠흑 같은 어둠 속에 자리잡고 앉았다.

파도가 숨 쉬는 소리를 아주 가까이에서 들었다. 구르면서 거품을 흡수하는 모래, 하늘과 바다 사이의 액체에 가까운 경계선을 보았다.

모두를 위해 대가 없이 주어진 모든 감미로움이 우리가 가장 필요로 할 때 돌아올까? 우리가 떠날 때? 어루만져지고, 더럽혀지고, 씻기고, 지친 이 모든 살갗을 남기고 우리가 떠날 때?

죽음은 참으로 성가신 일이다.

여기서 몇 킬로미터 떨어진 곳에서 이탈리아가 시작된다. 내일, 실버 자동차 타이어의 바람이 빠지지 않았는지 확인하러 정비소에 들러야 한다. 엔진오일과 부동액과 휘발유가 있는지도 확인하고. 낡은 롤스는 이따금씩 변덕을 부리곤 해서 한창 여행중에 멈춰 서는 일이 벌어질지도 모른다. 저기서 보초를 서는 저 정원사와 함께……

정원사! 그래서 어쩌려고?

새벽 두 시경, 추위와 허기에 떨며 나는 호텔로 돌아오는 위험을 무릅썼다. 야간 문지기는 있는 대로 하품을 하느라 한마디도 내뱉지 못했다. 그는 내게 잠시 기다리라는 신호를 했다. 그는 리셉션 카운터 뒤로 사라지더니 꾸러미 하나를 들고 돌아왔다. 정원사의 선물이었다.

문지기는 하품을 하느라 눈물 고인 눈으로 웃어 보였다. 어디서 뭘 좀 먹을 수 있을지 그에게 물었다. 그는 내 뒤로 호텔 문을 잠그더니 내게 따라오라는 신호를 했다.

튀김 냄새와 소독제 냄새가 나는 말끔히 정리된 지하 부엌에서 그는 알루미늄으로 된 냉장고를 열었다. 냉장고는 거대했지만 거의 비어 있었다.

우리는 눅눅한 빵에 유리병 바닥에서 건져낸 멸치를 얹어 함께 먹었다. 그리고 김 빠진 흑맥주를 마셨다. 하지만 나는 이 야식을 어느 고급 레스토랑에서 먹는 식사보다 맛있게 먹었다. 나는 배부르게 먹고는 엘리베이터를 탔다. 문지기가 나를 위해 층 버튼을 눌러주며 잘 자라고 인사했다. 문이 닫히는 사이 그는 마지막 하품을 했다.

린틴틴*이 내 샌드위치를 먹어버렸다

"'4월 15일 일요일, 자기 집을 떠난 지 열여섯 시간 만에 어느 숲속 덤불 아래에서 몽둥이를 든 채 매복하고 있는 모습으로 발견된 세 살짜리 꼬마 카므롱 루셀은 공룡을 사냥하려고 집을 떠나왔다고 말했다.' 약간 너 같지 않니, 콩스탕스?"

포스카는 신문을 읽으면서 기적적이게도 크루아상 한쪽을 먹기까지 했다.

새벽에는 그녀가 오랫동안 목욕을 하는 소리가 들렸다. 비몽사몽간에 그녀가 움직이는 소리와 흥얼거리며 머리를 빗는 소리가 들렸다. 그러고 보면 이 노인네는 보기보다 튼튼했다. 아침 식탁 위, 고급 잼 통들과 버터와 비엔나 빵들 사이에 할머니는 정원사의 선물을 놓아두었다. 동그란 초록색 상자였다.

아무렇지도 않은 듯 크루아상을 입에 가득 문 채 나는 무엇이 들었느냐고 물었다.

"멜로스가 너와 결혼하고 싶다는데 뭐라고 대답해야 할까?"

"메, 멜로스? 할머니, 오늘 아침은 정말 이상하세요. 난 결혼 같은 걸 생각해본 적이 없어요."

그녀가 상자를 열었다. 상자 속에는 약간 구겨진 탐스런 바이

* 시리즈 영화의 주인공 개.

80

올렛 한 묶음과 쪽지가 들어 있었다. 그녀가 장난기 어린 미소를 띠며 쪽지를 폈다. 물론 정원사가 쓴 쪽지였다. 바이올렛에서 늙은이 냄새가 나는 것 같았다.

"정원에서 점심식사를 같이하자고 초대하네. 오늘 한 시 정각에."

"안 돼요! 어쨌건, 안 갈 거죠? 오늘 떠날 거죠? 할머니, 정원사 때문에 망통에 마냥 머물진 않을 거죠?"

"짧은 데다 예리하지도 않은 글이구나. 게다가 너도 고집하니 떠나기로 하자꾸나. 이 젊은이한테는 미안하지만 초대를 받아들일 수가 없다고 쓸게. 나야 괜찮지만 넌 네 또래의 사람과 기분 전환이라도 할 수 있어야 할 텐데. 네가 너무 진지하고 너무 헌신적이어서 내가 죄를 짓고 있는 느낌이야."

"할머니, 많은 일들이 할머니가 젊으셨을 적보다 빨라졌지만 훨씬 느리게 가는 것도 많이 있어요.

할머니가 '블뢰' 라고 하셨는지 아니면 '프뇌' 라고 하셨는지 기억이 나지 않지만, 그렇게 빠른 메시지를 한 시간 만에 오게 했다던 게 생각나네요. 근데 이제 그 남자에게는 어떻게 빨리 대답하지요? 정원으로 당장 메일을 보낼 수도 없고 말이에요."

"내 강아지야, 그건 간단해. 네가 이 길로 달려가서 우리의 대답을 알리는 거야."

"???"

"왜 그러니?"

"'내 강아지'라고 부르는 것이 싫다고 말했잖아요."

"참, 그랬지! 자, 가서 우리의 대답을 말해주렴. 난 해변에서 기다리마. 오늘 날씨가 너무 좋아. 햇볕에 몸을 좀 덥혀야겠어. 기왕이면 돌아오는 길에 정비소에도 들러서……."

"타이어와 브레이크를 점검하라는 거죠? 늦지 않을게요. 최대한 빨리 돌아올 테니 오전이 다 가기 전에 떠나는 거예요, 아셨죠?"

설마 했던 일이 급기야 일어나고 말았다. 세르 드 라 마돈느 정원에서 실버가 고장이 나고 말았던 것이다. 우리의 모든 계획이 바닥으로 추락했다! 기분이 상한 정도가 아니라 격분해서 정원사에게 전화기를 빌려달라고 했을 때 내 꼴은 사나운 여자 같았을 것이다. 나는 개인적으로 그를 원망했다. 마치 자동차가 고장난 것이 그의 잘못이라도 되는 것처럼.

망통의 정비소에 전화를 걸었다. 그날 하루가 끝나기 전에 고장 수리차를 보내겠다는 형식적인 약속을 받았다. 나는 호텔로 전화를 걸어 정원 전화번호와 상황을 설명하는 메시지를 남겼다. 정원사는 무표정한 얼굴로 일처리를 도와주더니 내게 당장 택시를 부를 건지 물었다. 나는 어쩔 수 없는 상황에 코를 긁적이며 그를 쳐다보았다. 그러다 고장 수리차가 오면 나중에 같이 내려가겠다고 대답했다. 그의 얼굴이 살짝 밝아지더니 내게 커피를 가져다주었다.

그는 나를 부엌으로 데려갔다. 부엌에서는 맛있는 구운 닭고기 냄새가 났다. 그의 이름은 올리비에였고, 이 집에서 일년 반 전부터 혼자서 살고 있었다.

오전 내내 올리비에는 나에게 유혹의 눈길이라곤 눈곱만치도 보이지 않았으며, 나를 서먹서먹한 친구처럼 대했다. 나는 그가 관심을 품은 건 포스카라고 생각하고서 웃었다. 안 될 이유가 어디 있는가.

나는 고풍스런 책장에서 낡아서 떨어져나갈 듯한 오래된 탐정 소설을 한 권 집어들고 밖으로 나가 집 뒤에 자리잡았다.

올리비에는 하루 종일 일했다. 그동안 나는 고장 수리차를 기다리면서 점점 더 화가 치밀었고, 그러다 제풀에 지쳐서 단념했다.

저녁 일곱 시경, 포스카가 내게 전화를 걸어 걱정하지 말라고 했다. 정비소 사람과 방금 통화를 했는데 자기 어머니 이름을 걸고 이튿날 아침 일찍 롤스를 수리하러 오겠다고 맹세했다는 것이다. 그녀는 내게 그럴 마음이 있다면 정원에서 자라고 권했다.

곰곰이 생각해보니 내심 그러고 싶은 마음이 들었다.

우리는 저녁식사를 했다. 아침에 요리를 해놓았음에도 닭 요리는 맛있었다. 올리비에는 닭 요리에 로즈마리를 조금 곁들여 오븐에 넣어 살짝 데웠고, 아삭아삭한 샐러드와 같이 내놓았다. 포도주는 없었지만 빈 거실의 장롱 속에서 찾아낸 캉파리를 나는 세 잔이나 마셨다. 내가 아는 사실로 짐작해보면 존스턴 소령 시절의 것인지도 몰랐다.

저녁식사가 끝나자 올리비에는 커다란 마리화나에 불을 붙였다. 나는 거절했다. 그는 기분 나빠하지 않았다. 함께 있으면서도 제각각 다르게 보낸 하루가 우리 두 사람의 마음을 가라앉혀주었다. 아직 친구가 된 건 아닐지라도 적어도 더이상 서로를 경계하지는 않게 되었다. 나의 침묵이 그에게는 포근했고, 포스카의 다변에 길들어 있던 나는 깊은 배려 끝에 나온 그의 말이 편안하게 느껴졌다.

바깥에서는 수백만 마리의 반딧불이가 반짝였다.

"반딧불이가 나오기에는 아직 너무 이른데……"

올리비에가 말했다.

"올해는 모든 게 너무 빨라요. 모든 게 뒤죽박죽이에요. 봄과 여름이, 향기들과 꽃 피는 시기가."

그는 내 방까지 데려다주었다. 텅 비어 있었지만 멋진 방이었다. 떨어진 덧문들 사이로 송악 잔가지들이 방까지 들어와 베개를 간질였다.

아래 연못에서는 서로의 소리에는 완전히 귀를 틀어막은 채 목이 터져라 내지르는 개구리 합창단의 노랫소리가 들려왔다.

올리비에는 내 입술에 살짝, 그렇지만 능숙하게 입 맞추고는 떠났다.

나는 순수한 행복의 잠에 곧장 빠져들었다.

이튿날, 올리비에에게 빌린 칫솔로 굉장히 많은 욕실 가운데

한 곳에서 양치질을 했다.

20세기 초에 만들어진 세면대에 남겨진 한 줄기의 녹물 자국, 사각형 욕조, 50년대 미국 여배우가 부러움에 하얗게 질릴 만한 가구, 그리고 테라스의 커다란 식탁에서 먹는 시골풍 아침식사.

정비사가 경적을 울리는 바람에 매혹이 깨졌다. 나는 포스카가 나를 기다리는 망통을 향해 내려가면서 정비사의 옆자리에 앉아야만 했다.

그렇지만 올리비에가 내게 두번째 키스를 할 시간은 있었다.

새 금속 그릇에
빻은 얼음을 넣고
칡 시럽을 얹었다.
등나무와 자두나무 꽃 위에 내린
눈.

—〈우아한 것들〉

나는 해변에서 포스카를 발견했다. 그녀는 따뜻한 모래밭에 담요를 펼치고 그 위에 앉아, 손에는 화류계 중국 여자인 세이 쇼나공의《필로우 북(Pillow Book)》을 들고 있었다. 그녀는 책 일부를 내게 읽어주더니 안경 너머로 나를 위아래로 훑어보았다.

꼭 내가 올리비에에게 키스하는 걸 그녀가 보기라도 한 것처럼 나는 얼굴이 빨개지는 것을 막을 길이 없었다. 마치 발레 동작 같던 그녀의 다음 동작이 정확히 기억난다. 그녀는 검지를 깨물며 바다를 물끄러미 바라보았고, 심각한 얼굴로 나를 보더니 일어나는 걸 도와달라는 듯 내게 손을 내밀었다.

그리고 날 보며 웃었다. 그녀의 눈매가 다시 올라갔고 볼우물이 다시 패였다. 그녀를 일으키기 위해 내민 손을 이용해 나는 그녀를 꼭 끌어안고 아무 말 없이 잠시 그대로 있었다. 그녀는 재빨리 몸을 뺐다. 다른 할 일이 있는 고양이처럼. 그리고 자동차에 대해 물었다.

정비소에 도착해서 내가 열쇠를 돌리자 자동차는 아무 불평 없이 시동이 걸렸다. 나는 당황했고, 기술자의 비난이 두려웠지만 정비사는 아무 말 않더니 똑같은 동작을 여러 번 해보라고 했다. 그러다 어느 순간 다시 모터가 잠잠했다. 그는 보닛을 열고 두세 군데를 두드리더니 마모된 나사 하나를 꺼내 햇빛에 비추어 보고는 제자리에 도로 넣었다.

"불행히도 교환할 부품이 저한테는 없습니다. 니스에서 고급 자동차를 다루는 친구의 정비소에 전화를 걸어볼 수는 있습니다. 그곳이 코트 다쥐르에서 이 부품을 구할 수 있는 유일한 곳이지요. 우선 당장 자동차를 몰게 해드릴 수는 있지만 빨리 수리해야 합니다."

따라서 우리는 이탈리아와 반대 방향으로 가야 했다.

포스카는 말했다.

"괜찮아. 이탈리아 사람들은 기다려줄 거야. 네가 준비되었다면 나도 좋아."

니스의 정비소에도 "하필이면" 필요한 부품이 없었다. 정비사는 그 부품을 주문했으니 그날 중으로 올 것이라고 말했다.

포스카가 말했다.

"······아니면 내일, 어쩌면 모레가 될는지도 모르지. 기다리는 동안 벨-리브 호텔이나 메테르링크나······, 그래, 메테르링크로 가자꾸나. 정비소에서 더 가까우니까. 실버에게 근심거리가 있다면 우리의 지지가 필요할 거야.

넌 정비사들을 믿니? 난 전혀 안 믿어. 멋진 자동차들을 좋아하는 파리의 내 의사에게 물었더니 유능한 정비사를 한 사람 알려줄 수 있다면서 내게 대답하더구나. 아주 훌륭한 정비사를 한 사람 알고 있는데, 멕시코시티에 있다고 말이다."

쐐기풀

정말이지 왜 그런지 모르겠지만(어쩌면 아직 성수기가 아니어서 호텔이 반쯤 비었던 건지, 아니면 할머니가 요구한 건지 모르겠다) 호텔은 우리에게 바다가 내려다보이고, 욕실이 세 개나 딸린 2층 짜리 방을 내주었다. 나는 키득거렸지만 포스카가 고개를 흔들어 내 웃음을 막았다. 포스카는 2층에 있는 근사한 욕실 두 개는 커플을 위한 것이고(언제부터 제대로 된 커플들이 하나의 욕실을 갖게 된 걸까?) 아래층의 다른 욕실은 손님을 위한 것이라고 말했다.

"아니면 운전수를 위한 것이겠죠, 안 그래요? 오 나의 존경스런 할머니, 이따금씩은 시대가 바뀌었다는 걸 잊으시는 것 같아요. 요즘에 누가 이런 방에다, 그리고 운전수 방에까지 돈을 지불

하겠어요?"

"부자들은 그러지. 그러니 입 다물고 이리 와보렴. 너한테 해줄 얘기가 많아."

나는 고분고분히 그녀 곁에 다가가 그녀의 무릎을 베고 소파 위에 누웠다.

"불을 끄고, 눈을 감아. 나를 쳐다보지 마라. 나의 첫번째 경험을 네게 얘기해줄 테니.

내가 열세 살 나던 해 여름이었지. 난 내가 태어난 집 정원의 소나무 그늘에서 책을 읽고 있었단다. 막 복숭아 하나를 먹었고, 복숭아씨에 붙은 속살을 갉아먹으며 책을 읽고 있었지. 과일즙이 옷에 흘러내렸어. 이미 더럽혀진 짧은 반바지와 니트 상의에.

한 손에는 책을 들고, 다른 한 손으로는 복숭아씨를 든 채 무심코 흰 반바지를 스쳤지. 무심코 스쳤지만 얼마나 정확했는지 몰라.

불현듯 한번도 경험한 적 없는 감미롭고 격렬한 느낌이 온몸을 휘감았고, 심장이 가슴에서 튀어나와 태양까지 치솟아오를 듯했지. 하늘도 캄캄해졌어.

이 실신 상태에서 나는 후들거리는 다리로 비틀거리며 몸을 일으켰단다. 오후 내내 머리가 빙빙 돌았지. 저녁식사 시간에 나는 이모들을 향해 맑은 눈길을 들 용기가 없었어. 다음 토요일에는 고해성사도 하지 못했단다. 다시 가서도 나는 신부님에게 이 일에 대해 전혀 얘기하지 않았어.

몇 달 동안 거짓말은 점점 쌓여갔고, 나는 잠을 잘 자지 못했단다. 벌을 받는 꿈을 꾸고 화들짝 놀라서 잠에서 깨곤 했으니까. 내 악몽들은 묵시록처럼 너무도 끔찍해서 차라리 다시 잠들고 싶지 않았지. 새벽에 비둘기 한 마리가 울고 거기에 다른 비둘기들이 응답할 때면 나는 기진맥진해서 잠에 빠져들곤 했지. 겨우 한두 시간 정도밖에 못 잤어.

결국 나는 천국에 가리라는 약속보다는 차라리 쾌락을 향유하고 그로 인해 영벌(永罰)을 받는 것을 더 선호하게 되었지. 어떤 천사가 내게 이런 절대적 행복을, 이 행복한 죽음을, 그렇게 쉽게 다시 시작할 수 있는 절대적 지복을 줄 수 있겠어?

쾌락과 죄책감……

수많은 여자들이 평생토록 도달하지 못하는 것을 행복한 우연이 내게 제공해주었다는 사실을 그때는 알지 못했단다. 나 자신에 도달함으로써, 그를 통해 남자에게 덜 종속될 수 있다는 걸 말이야. 그것은 여자를 두려운 존재로 만들기도 하고, 탐나는 존재로 만들기도 하는 비밀스런 알라딘의 램프 같은 것이지. 자기 자신에게 속한 여자들만이 스스로에게 제공할 수 있는 것이야."

누군가 문을 두드렸다. 룸서비스였다. 아뇨, 우리는 침대를 정리할 필요도, 베개 위에 초콜릿을 놓아둘 필요도 없어요. 물도 필요 없고요, 방을 환기시킬 필요도 없고, 소파 쿠션을 정리할 필요도, 저녁식사를 위해 우리 옷을 가져가 다릴 필요도 없고, 칵테일도 아페리티프도 필요 없어요. 아뇨, 고맙지만 정말이지 필요 없어요.

나는 포스카에게 차가운 마티니 한 잔을 따라주었다. 나를 위해서는 얼음을 잔뜩 넣은 진 피즈 한 잔을 준비했다. 이 모든 걸 나 혼자서 했다. 이 정도는 코를 후비면서도 할 수 있다.

그리고 나는 포스카 곁에 바짝 붙어 앉아 다시 귀를 기울였다.

"내가 쐐기풀이 가득한 웅덩이에 빠졌던 게 대여섯 살쯤 되었을 때일 거야. 여름이었지. 공원에서는 축제가 한창이었어. 그날의 기억이 생생해. 왜냐하면 일주일 전부터 신발끈 묶는 법을 배우고 있었는데, 이다 이모에게 프뤼노 축제가 끝나기 전에 할 수 있을 거라고 약속했거든. 축제장에 도착하자 이모는 내가 원하던 방법을 가르쳐주었어. 여러 번의 시도 끝에 내가 원하는 만큼 신발끈을 묶었다 풀 수 있게 되자 나는 자부심에 가득 찼지.

나는 소나무들 사이로 날아다녔고, 달려서 비탈길을 올랐고, 이따금 멈춰 서서 내가 이루어낸 작업을 감탄스런 눈으로 쳐다보았지.

신발끈을 쳐다보다가 그만 구덩이에 빠지고 말았단다. 무릎을 꿇은 채로 떨어졌지. 곧장 몸을 일으키려고 했지만 다리가 내 몸을 지탱하길 거부하지 뭐야. 쐐기풀들은 나보다 키가 컸어. 나는 손으로 공간을 만들어보려고 했지. 그러다 보니 내 팔은 온통 물집으로 뒤덮이고 말았단다. 내 허벅지와 무릎을 보니 거기도 온통 물집으로 뒤덮인 거야. 그제야 나는 소리치기 시작했어.

다행히도 누군가 내 소리를 듣고 구해주러 왔단다.

레아 이모가 서둘러 나를 집으로 데려갔어. 놀라기도 하고 아프기도 한 난 울음을 그치지 않았지. 이모는 내게 따뜻한 물로 목욕을 시켜줬어. 난 또다시 비명을 내질렀지. 물 때문에 통증이 되살아난 거야. 구덩이 속에 있을 때보다 훨씬 더 아팠어. 나는 지쳐서 엄지손가락을 빨며 잠이 들었지.

내가 이 모든 걸 너한테 얘기하는 건 내가 남자애들과 잠을 자기 시작했을 때 이것과 똑같은 결과가 나타났기 때문이야. 쐐기풀에 떨어진 것처럼 아팠고, 물로 씻었더니 한층 더 아팠단다.

못으로 못을 빼낸다고 말하는 사람들이 있는데, 이보다 더한 거짓말은 없어. 그건 하나였던 상처를 두 개로 만들 뿐이지."

"니겔이 영국으로 돌아간 뒤로 이상한 시기가 이어졌단다. 해방 뒤에 찾아온 취기어린 가벼움이었을까? 새로운 시대가 열렸던 것일까? 나로선 전혀 모르겠어.

난 꼭 빗물 같았지. 사람들이 나를 기다리는 곳에는 떨어지지 않았으니까. 바람이 나를 실어가는 곳에, 구름이 흩어지는 곳에 떨어졌지.

나의 첫번째 애인은 겨우 생각나. 다른 날들과 비슷한 어느 날 저녁에 일어난 한낱 사고였지. 마주친 여러 눈길 가운데 하나의 눈길이었고, 여러 품 가운데 하나였을 뿐이었지.

나의 욕망은 무고했어. 나는 잘생긴 남자들을 탐했지. 게다가 그 남자들이 지적이기까지 하면 사랑에 빠졌단다. 깊이는 아니고 살짝만. 어렸을 때 집에 들른 남자애들에게 반해서 아침이면 그들의 이불 속에서 나를 볼 수 있었던 것처럼, 절대로 완전히 사랑에 빠지지 않을 정도로 꽤 자주 그랬지. 내게는 취향이 있었단다. 매우 확실한 취향이었지. 나는 '네'라고 말하도록 배웠기 때문에 '아니'라고 말할 수 있었어.

내가 완전히 사랑에 빠지지는 않았더라도 그런 징후는 나타났지. 바싹바싹 타들어가는 입술, 기분 좋은 미열, 안개 같은 욕망, 짧은 돌풍이 불러일으킨 강렬한 행복감, 행복감만큼이나 강렬하고 거북스러우면서도 기쁜 묘한 감정, 몇 시간이고 파리 시내를 헤매고 다니는 몽롱한 배회, 그리고 광기 어린 고독한 웃음, 비처럼 부드러우면서 역시나 고독한 울음, 끝을 알 수 없는 초조한 기다림, 그리고 열기 띤 동물적인 생활도 그렇고.

모든 먹을 것에 대한 절대적 혐오감이 나를 야위게 만들어 스웨터 아래로 갈비뼈를 셀 수 있었고, 스커트 천 아래로 골반 뼈를 짐작할 수 있을 정도였지. 내 손은 거의 속이 들여다보였고, 손톱은 피가 날 정도로 물어뜯었으며, 앙상한 손목은 무수한 팔찌가 부딪치는 것처럼 삐거덕거렸어.

고집스런 다른 고양이과의 동물들 틈바구니에서, 그림자들 가운데 하나의 그림자처럼 굶주린 채 깡마른 꼴로 배회한다는 사실 속에는 자기 만족이 숨어 있었단다. 우리는 서로의 냄새를 맡았고, 춤을 추었고, 술을 마셨고, 때로는 서로를 끌어안았고, 서로를 조금은 사랑하기도 했지. 그러다 좀더 어둡고 더 재빠른 또 하나의 그림자가 와서 정신을 딴 데 팔고 춤을 추는 사내를, 유혹당했다는 사실에 이미 지겨워하고 유혹했다는 사실에 벌써 싫증을 내고서 사방을 두리번거리고 있는 연인을 자신의 수트룸으로 데리고 갔지.

어느 날, 나는 어떤 남자애의 집에 일찍 도착했단다. 그애는 문을 반쯤 열어둔 채 나를 기다리고 있었지. 아프리카 음악에 맞춰 춤을 추며 샤워를 하고 있었어. 그애의 손은 박자에 맞춰 자기의 벌거벗은 몸을 더듬고 있었어. 나는 마치 내가 그러고 있다가 들켰을 때보다 더 당황해서 얼른 도망쳐 나오고 말았지. 내 감정이 동요되는 건 오직 상황 때문이었어.

어떤 남자애에게서는 그가 세면대에서 머리를 감는 동안 무방비 상태로 드러내놓은 벌거벗은 하얀 엉덩이 때문이었고, 다른 남자에게서는 그가 칫솔이 아니라 입에다 치약을 짜넣는다는 사실과 부엌 개수대에서 발톱을 자른다는 사실 때문이었어. 또 다른 남자애에게서는 간절한 눈길을 주고받으며 저녁을 먹고 있는 식탁 위로 그가 소금통을 내게 건네면서 어떻게 해야 소금이 나오는지를 모른다는 사실 때문이었어. 또 어떤 애가 나를 감동시킨 건 그가 자기 외투의 단추를 제대로 끼우지 못했기 때문이었고, 또 다른 애에게는 살짝 말을 더듬는 것 때문에, 거무스레한 이빨을 감추려고 손으로 가리고 웃는다는 것 때문에, 또는 여드름이 어깨 위에 남긴 얼룩 때문에 끌렸지.

악마처럼 잘생긴 남자애가 아침에 입냄새를 풍겨 보기 싫어지기도 했지. 또 지나치게 깡마른 어떤 아이가 침대에서는 뜨겁고 유연한 근육질로 변하기도 했어. 어떤 애는 자기가 하는 대로 가만히 내버려두면 화를 냈는가 하면, 또 다른 아이는 가만히 있기를 바랐지. 어떤 연인은 절정에서 비명을 질렀고, 다른 연인은 한숨을 내쉬었지.

건전하지 못한 일이라고 생각하지 말거라. 더럽다고도 생각하지 말고. 젊음이 위생을 대신해주었고, 아름다움이 도덕을 대신했으니까.

나는 이렇게 규율 없는 아이들 무리 속에서 고독감에 아파하면서도, 소유하지 않는 것은 소유당하지 않기 위해 치러야 할 대가라고 생각했지.

이렇게 나는 모든 고통을 침묵으로 덮어버리는 신선한 눈[雪]의 부드러움 속에서 살고 있었어. 그러면서 나의 욕망들이 불타올라 고갈되고 멈추기를 초조하게 기다렸지. 어느 날 아침, 깨끗하게 씻기고 냄새도 없이 새하얀 상태로 깨어나게 되길 꿈꿨어."

초록 하늘

"……보통 때보다 조금 길게 이어져온 관계를 끝내며 한 남자애의 아파트에서 내 물건들을 챙기고 있는데 그애가 방에서 이상한 소리를 내며 혼잣말을 하는 게 들렸어. 배낭 속에 이미 내 물건들을 모두 집어넣은 나는 가방을 어깨에 메고 호기심에 그가 뭘하고 있는지 보러 갔단다. 그애는 자기 침대를 반으로 동강내려고 톱질을 하고 있었어. 나를 보고서 그가 동작을 멈추더니 말했지. '남자와 여자는 함께 살도록 만들어진 게 아니야.' 그 이후로 60년이 넘게 흘렀으니 난 그애가 지금 어떻게 되었는지 몰라. 하지만 그애의 말이 틀리지 않았다는 건 인정해야겠어.

내가 문을 닫고 나오면서 웃지 않고 그애의 말을 귀기울여 듣긴 했지만, 내 앞에 마련된 함정에 빠지진 않았어. 잘생긴 왕자는 나를 데리고 가면서 내 귀에다 대고 우리가 아이들을 많이 낳고 행복하게 살게 될 거라고 속삭이려고 백마를 타고 기다리고 있었지.”

“영혼의 반려자가 입히는 타격이 어떤 줄 알아? 정말이지! 이렇게 오랜 세월을 살면서 꽤 성공한 몇몇 커플을 보지 못한 건 아니지만, 대개 마지못해 살지. 배우였던 남편이 자주 바람을 피웠어도 한평생을 같이 살아온 내 오랜 친구 마리의 말마따나 '어쩌겠어, 늘 같이 많이 웃고 지낸걸.'

나의 잘생긴 왕자 얘기로 돌아갈게. 내 두번째 결혼식 날 아침, 꿈자리가 뒤숭숭한 잠을 살짝 자고 깼을 때 하늘은 아직 초록색이었어. 나는 잠옷 차림에 맨발로 정원으로 나갔지. 6월이었는데, 늙은 흰 장미나무에 꽃이 피어 있었단다. 어쩌면 이게 마지막으로 피운 꽃이겠구나 생각했지. 가지 대부분이 시커멓게 말라 있었고 가지 두 개에만 꽃이 피어 있었거든. 그런데 나무는 자기에게 남아 있는 시간을 재촉하고 싶었던 건지 꽤 많은 꽃을 피워 그 꽃으로 성당 전체를 장식할 수 있었단다.

결혼식 준비는 이번에도 내 어린 시절의 집, 이모들의 집에서 이루어졌어. 이모들은 잔뜩 들떠서 또다시 식탁을 차리는 날 보고 놀랐지. 이모들은 말은 안 했지만 열광의 불이 예전에는 제대로 붙지 않았던 모양이라고 생각했어. 어쨌건 이모들은 드레스와 손님 접대와 초대와 나머지 모든 걸 준비하느라 야단법석이었지. 내가 첫번째 결혼 때와 똑같은 성당으로 떠나는 걸 보고 이모들은 어안이 벙벙해졌지. 성당은 어떤 경우엔 세속적인 정의가 제공해주지 않는 보호를 보장해준단다. 나의 첫번째 결혼이 무효로 선언되었으니 나는 다시 처녀가 되었어. 뭐! 성당이 그렇게 인정했으니 이모들이 어찌 반대하겠어?

이모들은 그렇게 좋아하고 확신에 찬 나를 보게 해준 운명에 무한히 고마워했지. 하지만 나는 이모들이 사랑에 있어서 우리 모두를 따라다니는 불운에 길들여졌기 때문에, 내가 잘 되기를 바라며 조심스레 지켜본 것이라고 생각해.

나로 말하자면 땅에서 10센티미터는 떠다녔지. 나는 사랑에 빠졌고, 해야 할 일을 정확히 하고 있다고 생각했거든. 그때 난 스물여덟 살이었어. 그 시절엔 막차를 탄 셈이었지. 난 예쁜 아이들과 숙달된 하인들과 좋은 친구들, 재미난 동물들로 넘쳐나고, 꽃이 활짝 핀 정원이 있는 집을, 그리고 완벽한 남편을 상상했단다.

"그는 옛날식으로 내 마음을 사려고 애썼어. 꽃다발, 샴페인을 곁들인 저녁, 뜨겁고 순결한 키스 등으로 말이다. 그는 나를 순수한 약혼녀로, 장차 자기 자식들의 어머니로 대했어. 난 내가 믿고 싶은 역할을 연기했던 거야."

"나는 집안 지인의 팔짱을 끼고 〈결혼행진곡〉에 맞춰 성당 중앙홀을 가로질러 걸어나갔고, 그러다 빨간 융단에 걸려 넘어질 뻔한 걸 내 팔짱을 낀 사람이 잡아주었지. 나는 '네'라고 말하면서 울었어. 그리고 결혼 미사를 마치고 나올 때 초대 손님들이 우리에게 쌀을 던질 때는 쥘의 품으로 피신했지. 그래, 그 사람의 이름이 쥘이었단다.

쥘 도브빌 부인은 세상의 질서 속에 완벽하게 제자리를 차지하고 들어섰지.

우리는 쓰러져가는 담장으로 둘러싸인 뜰에 핀 장미꽃 아래에서 야외 점심식사를 했지. 우리라고 해봤자 쥘의 부모형제, 내 이모들과 증인들까지 해서 겨우 스무 명 남짓밖에 되지 않았어. 흥겹고 감미로운 시간이었지. 우리는 살짝 취했지. 저녁 다섯 시경에 소나기가 내렸어. 모두가 떠나고 나와 쥘 단둘만 남았지. 말이 필요 없을 정도로 감동해서 우리는 끌어안은 채 우리를 위해 준비된 방으로 갔지. 그는 나의 오래된 장미나무의 하얀 장미꽃잎으로 시트를 장식해두었더구나. 그가 내 드레스를 벗기지도 않고 그냥 걷어올리기만 한 채 우리는 침대 위에 쓰러졌지.

콩스탕스, 난 야릇한 느낌이 들었어. 왜 그런지 도무지 이해할 수는 없었지만 나의 결혼이 시작하는 순간 끝났다는 생각이 들었단다.

우리는 이튿날 낮과 밤을 스위스의 큰 호텔에서 보냈지.

호텔방의 장식은 요양소 같은 느낌이 났어. 방은 지나치게 크면서 흰색인 데다, 커튼만큼이나 풀을 먹인 듯 뻣뻣했고, 발코니를 기어오르는 등나무만큼이나 맹목적이었지. 호수 또한 우윳빛에 병약했고 슬펐단다.

하지만 정말이지 네게 어떻게 설명해야 할지 모르겠구나……. 네 본능을 믿으라는 말밖에 못하겠어. 왜냐하면 네 몸이 네 이성보다 더 많은 걸 알 테니까."

재갈 벗은 천사들

"얻어맞은 사람이 쓰러지기 전에 조금 더 걷는 것처럼 우리의 결혼은 그렇게 지속되었단다. 우리는 스위스의 스키장에서 새해를 맞이했어. 눈이 내리고 있었지. 송년 파티에는 참석하지 않았어. 오후 내내 사랑을 나누느라 침대를 떠날 수가 없었거든.

여행에서 돌아오는 길에 쥘이 기차 밖으로 나갔단다. 어느 역이었는지 지금은 기억이 나질 않아. 제네바였는지도 몰라. 바람도

쐬고 조금 걸으려고 나갔던 거지. 그런데 그가 플랫폼을 걷는 동안 기차 문이 닫히고 말았어. 기차가 속력을 내는 동안 나는 그가 창문 너머로 놀란 표정을 하고 나를 바라보는 걸 보았지. 그의 여행가방과 윗도리, 돈과 서류가 든 그의 지갑이 모두 나한테 있었지. 난 어떻게 해야 할지 몰랐지만, 그런 실질적 문제는 젖혀두고, 멀어져가는 그의 얼굴이 날 떠나지 않고 괴롭혔단다. 특히나 너무도 빨리 멀어져갔다는 사실에 더욱 괴로웠지. 함께 있다가 바로 다음 순간 헤어지고 말았으니까.

사실 따지고 보면 이 일은 그다지 중요치 않은 불의의 사고였을 뿐이야. 왜냐하면 그가 택시를 타고 거의 나와 동시에 집에 도착했으니까. 그렇지만 그 단절의 느낌, 이별의 느낌이 그의 눈에 담겼던 표현과 함께 내 안에 각인되기엔 충분했어. 나는 그의 눈에서 보았지. 그 사건이 그의 잘못이었음에도 떠나는 사람이 나라는 걸 보았던 거야.

그 후 삶은 계속 이어졌어.

우리는 우리만의 습관을 갖게 되었지. 특히나 일요일의 습관을. 무슨 일이 있어도 일요일은 변함없이 우리 둘만의 날이었어. 우리는 둘만 머리를 맞댄 채 지냈고, 사람들을 초대하지도 않았고, 하인들도 쉬게 했고, 내가 간단하게 요리를 해서 벽난로 앞에서 먹곤 했지.

다른 날과 비슷한 어느 겨울날 일요일 오후, 나는 그에게 차를 한 잔 가져다주었어. 그는 가계부를 정리하고 있었지. 나는 그에게 몸을 기댔어. 그의 목에 팔을 두르고 내 뺨으로 그의 뺨을 부비면서 내 머리카락으로 그를 간질이며 장난쳤지. 그는 기꺼이 그러도록 가만히 있었고. 내 눈이 그의 책상 위를 옮겨 다니다가 계산서 하나를 보게 되었지. 별다른 생각 없이 나는 그가 그곳에 무엇을 하러 갔는지 물었어. 그는 뒤도 돌아보지 않은 채 한 여자 손님과 점심식사를 하러 갔다고 대답하더군. 방탕한 생활을 하던 시절 내게 가난한 연인이 한 사람 있었는데, 깨끗하지만 비싸지 않은 그 호텔에서 지내던 화가였어. 그 호텔에 식당이 없다는 것만큼은 내가 정확하게 알고 있는 사실이었지.

나는 부엌으로 돌아갔단다. 얼마 후 쥘이 나를 따라왔고 우리는 맥 빠진 저녁식사를 했지. 우리는 먹지도 않았고 서로를 쳐다보지도 않았어. 나는 서둘러 자러 갔단다. 사흘 낮과 사흘 밤 동안 나는 쉬지 않고 울었어. 눈물이 목걸이의 진주알처럼 방울방울 쉬지 않고 흘러내렸지. 정신은 차갑고 냉철했어. 나는 둘로 나뉘었단다. 세상이 끝난 게 아니라는 걸 경험으로 아는 여자와 세상이 무너지는 것 같은 여자로 말이다."

"우리의 그리스 여행이 기억나니? 어느 날 우리는 바닷가의 한 술집으로 갔었잖아. 날씨가 서늘했고, 해안에는 강한 바람이 불었고. 불투명한 나일론 칸막이로 테라스를 막아두었는데, 제비 한 마리가 칸막이 사이에 갇혀 있었지. 제비는 출구를 찾아 필사적으로 파닥거렸고, 그러다 갑자기 떨어졌잖아. 네가 새를 들어서 손바닥에 올렸지. 새카만 제비의 눈은 아직 깜박이고 있었지만 곧 죽었지.

줼과 나는 헤어지지 않았어. 결혼을 하고 나면 그렇게 쉽게 헤어지지는 못하지. 특히나 완벽한 커플을 이루었을 때는 더욱 그래. 한동안은 여전히 우리가 함께 자는 침대로 그가 늦게 들어왔지. 대부분 나는 이미 잠들어 있었어. 또 많은 경우, 자는 척을 했지. 그때 내가 뭘 기다렸는지는 지금도 알지 못해. 내 마음이 가라앉기를, 내 고통이 가라앉기를 기다렸던 걸까.

나는 이해하려고 애써보았어. 하지만 생각이 한없이 샛길로 빠져 헤매었단다. 때때로 내가 그를 향해 돌아보기도 전에, 그를 채 만지기도 전에, 그저 단지 눈만 떴을 뿐인데 그는 성교를 했지. 한없이 슬프면서 다정했지. 그러다 난 임신을 하게 되었어.

겪어보지 않고는 말할 수 없는 것들이 있단다. 난 출산에 대해서는 말할 수가 없어. 아이를 가져보지 못했으니까. 내 친구 마리가 친절하게 말했듯이 난 열매를 맺지 못하는 예쁜 꽃이야.

내가 뱃속에 품었던 아이는 내 안에 오래 머물지 못했어.

의사가 내게 임신 사실을 알렸을 때 느꼈던 행복감과 두려움, 그리고 이모들에게 전보를 보내고 싶었던 마음을 지금도 기억해. 의사의 진단을 들은 첫날밤이 생각나는구나. 내 배 위에 양손을 모은 채 뱃속에 대고 나지막이 얘기하며 하얗게 지샌 밤이었지. 그리고 이어진 몇 주도 기억나. 즐겁게만 느껴졌던 헛구역질도, 충만한 느낌도 생각나.

산부인과 의사는 태아가 살아 있지 않다고 말했어. 그리고 내게 주사를 놓고 알약을 주었어. 사흘 내로 저절로 해결되지 않으면 수술을 해야 한다고 말했지. 내가 떠는 걸 보고서 의사는 아직은 젊고, 전혀 위험하지 않다고, 앞으로 내가 원하는 만큼 아기를 가질 수 있을 거라고 설명하면서 나를 안심시켰지. 그는 내게 보통 때처럼 생활을 하라고 권했고, 이틀 후 자기에게 경과를 알려 달라고 했어.

이날 저녁 쥘과 내가 파티에 초대받았던 것과 내가 빨간색 벨벳으로 된 긴 드레스를 입었던 게 기억나. 우리가 집으로 돌아왔을 때는 나지막이 말할 존재가 더이상 내 뱃속에 없었다는 것도 기억나는구나.

마리가 아침마다 침대에서 아기를 들어 얼굴을 대고 비비면서 파우더와 오줌과 비누와 작은 발 냄새를 들이마신다고 말할 때면 나는 고개를 옆으로 돌리곤 했어.

그 후 나는 한번도 임신한 적이 없었지."

첼로를 위한 조곡

우리가 지난밤을 보낸 메테르링크 호텔은 바다가 내려다보이는 바위 위에 세워져 있었다. 열린 창을 통해 파도가 규칙적으로 부서지는 소리가 들려왔다. 차갑고 짠 냄새도 함께 실려왔다. 갈매기 울음소리도.

나는 냉장고의 내용물을 하나하나 비웠고, 새벽 세 시에는 말짱하게 잠이 깬 채로 완전히 취해 있었다. 먹은 건 없었다. 저녁 내내 추억에 잠겨 너무도 슬퍼하는 포스카를 방해하고 싶지 않았다. 어쨌건 우리의 일정은 완전히 뒤틀어져버렸고 게다가 불면증도 다시 찾아왔다. 나는 마지막 남은 페르네 브랑카를 마셨다. 냉장고에 남은 것이라곤 그것뿐이었다.

포스카는 이미 오래전에 자기 방으로 가고 없었다. 그녀가 자고 있는지 나처럼 어둠 속에서 눈을 부릅뜨고 있는지 알 수 없었다. 괴로워하고 있는지, 생각을 하고 있는지, 곱씹고 있는지.

나처럼……

내가 태어난 마을의 학교는 집에서 15분 거리에 있었다. 어린 시절 내내 나는 걸어서 혹은 자전거를 타고 학교에 갔다. 엄마는 아주 늦게 일어나셨고, 아빠는 이미 회사에 가고 없었다.

부모님은 개를 한 마리 데려다 길렀는데, 이름이 롤이었고, 스패니얼계 잡종으로 순하고 재미있는 녀석이어서 우리 셋만 있을 때보다 훨씬 행복했다. 늘 기분이 유쾌한 개였다. 그 개는 매일 아침 학교까지 나를 따라다녔다.

어느 날, 내 뒤에서 소란한 소리가 들렸다. 뒤를 돌아다보았다. 롤이 자기보다 훨씬 크고 사나운 다른 개와 싸우고 있었다. 다른 개가 롤의 넓적다리를 물었다. 나는 그 개가 머리를 흔들어 롤의 살점을 뜯어내더니 거의 내 발밑에다 피범벅이 된 살덩이를 내뱉는 걸 보았다. 롤은 배를 보이고 드러누우려 하지 않았다. 싸움은 계속되었다. 두 개는 무게가 10여 킬로그램이나 차이가 나서, 롤이 용감하게 싸웠지만 상대 개가 우위를 차지했다. 그 개는 훈련된 전사처럼 빠르고 거만한 승리를 표시하기 위해 한 발을 높이 쳐들더니, 침과 피로 뒤덮인 채 신음하는 롤을 남겨두고 거의 실망한 표정으로 떠나갔다.

나는 부모님에게 알리고 도움을 구하러 가야만 했다. 뭔가를 해야만 했다. 그런데 나는 아무것도 하지 않았다. 롤은 나를 쳐다 보더니 집을 향해 천천히 절뚝거리며 걷기 시작했다.

나는 차라리 롤이 죽는 걸 보기를 바랐던 기억이 난다.

왜일까? 롤이 맞았기 때문일까? 졌기 때문일까?

아니다. 롤이 고통 받는 것이 내게 고통을 주었기 때문이었다. 나는 롤을 돌보아야만 했다. 그런데 나는 이미 학교에 늦었다.

마음속으로 나는 롤이 너무 심하게 상처입어서 더이상 살지 못 할 거라고 생각했다. 나는 고통을 거부했던 것이다. 개의 고통과 나의 고통을.

Flirting with Disaster*

이튿날 아침, 포스카가 아주 늦게 나를 깨웠다. 나는 두꺼운 가 운으로 몸을 만 채 거실 소파에서 잠이 들었다. 커다란 쿠션 아래 몸을 웅크리고 있는 걸 보니 자는 동안 추웠던 모양이었다. 창문 은 여전히 열려 있었고, 희끄무레한 불빛이 방안을 물들이고 있었 다. 바깥엔 비가 내렸다. 나는 수도꼭지에 입을 대고 물을 1리터

---

* '재난을 희롱하다'라는 뜻으로, 1996년도에 우리나라에 〈디제스터〉라는 제목으로 소개 된 영화.

쯤 마셨다. 그동안 포스카는 내가 신체 능력의 일부라도 되찾기를
참을성 있게 기다렸다.

포스카도 그다지 몸 상태가 좋지 못했다. 게다가 모든 일이 잘
풀리지 않았다. 나는 나 자신이 초라하게 느껴졌고, 이 호사스런
자동차 안에서 뭘 하고 있는지도 이해되지 않았으며, 포스카가 찾
는 것이 무엇인지도 이해할 수 없었다. 나는 아무것도 이해할 수
가 없었다. 그저 덜 고통스러울 때까지 한두 주쯤 혼자 틀어박혀
있고만 싶었다.

포스카는 최대한 부드럽게 다시 떠나고 싶은지 내게 물었다.
나는 '대체 어디로 가려고요, 숨바꼭질을 계속할 수는 없어요. 죽
음이 우리를 붙잡도록 어딘가에는 멈춰 서야만 할 거예요. 할머니
도 저도 이렇게 계속할 순 없어요'라고 소리치고 싶었다.

물론 나는 아무 말도 하지 않았다. 우리는 돈을 지불했고, 택시
를 타고 실버를 찾으러 갔으며(놀랍게도 정비사는 약속을 지켰다!)
비에 젖은 채 차에 올라탔다. 익숙한 냄새에 내 마음도 조금 누그
러졌고, 포스카도 미소를 지어 보였다. 비록 옛 미소들(반짝이고,
장난스럽고, 굶주리고, 거의 사납기까지 한)의 그림자 정도밖에 되
지 못하는 미소였지만 그래도 그걸 보니 기분이 한결 나아졌다.

"항해사, 뱃머리를 북동쪽으로 돌려" 하고 그녀가 중얼거렸다.

한 시간 뒤, 우리는 이탈리아에 있었다. 두 시간 뒤에는 자동차
사고로 하마터면 둘 다 죽을 뻔했다.

나는 이탈리아에서만 마실 수 있는 커피를 마시기 위해 두세

번 차를 세웠다. 지옥처럼 진하고 검은 커피. 나는 어떻게 그 커피들이 목구멍 깊숙이에 감초 맛을, 그 어떤 부드러움보다 나은 씁쓸한 맛을 남길 수 있는지 지금도 알지 못한다.

주유소를 떠나 고속도로 진입로로 접어들면서 가속을 했는데 그 순간 트럭 한 대가 내 왼쪽에서 나타났다. 중앙차로로 접어들 시간이 충분하다고 생각했는데, 내가 접어든 순간에 대형 트럭에 가려져 있던 다른 트럭이 갑자기 나타났던 것이다. 트럭과 정면충돌할 참이었다. 핸들을 완전히 꺾었는데 트럭이 우리를 향해 돌진하는 게 보였다. 나는 눈을 감았다. 그때 핸들이 내 손보다 더 강한 손아귀에 잡혀 내 손에서 빠져나가는 게 느껴졌다.

3초 뒤 우리는 긴급대피구역에 돌처럼 굳은 채 멈춰 있었다. 트럭은 사납게 경적을 있는 대로 누르며 우리를 지나쳐갔다. 포스카는 핸들을 여전히 꽉 붙든 채 야릇한 웃음을 흘렸다. 나는 재빨리 자동차에서 뛰쳐나가 먹은 것을 몽땅 토해냈다. 숙취에서 깨어나는 데 죽을 위험을 무릅쓰는 것보다 더 좋은 방법은 없다.

핑거 푸드*

"양파 넣은 정어리. 오랜 기간 항해하면서 상하기 전에 먹을 수 있는 전형적인 뱃사람 음식이지. 더구나 양파는 괴혈병의 치료제이기도 해서 긴 여행에 아주 좋아. 그리고 7월 둘째 주 일요일에 베네치아에서 열리는 레덴토레(Redentore) 축제의 주요리이기도해. 이 축제 기간에는 배로 강 양쪽을 연결하는 다리가 만들어지지. 옛 베네치아의 요리 풍습에 따라 통상 사용하는 재료에 건포도와 잣과 계피를 첨가하기도 해.

8인용 재료야. 정어리 1킬로그램, 흰 양파 1킬로그램, 식초 세 숟가락, 밀가루와 올리브유 약간, 소금. 정어리를 깨끗이 손질한 다음 머리와 뼈를 제거한다. 깨끗이 씻어 밀가루에 묻힌 다음 기름에 튀겨낸다. 다른 냄비에 잘게 썬 양파에 올리브유를 한 스푼 넣고 갈색이 돌 때까지 볶고 소금과 식초를 친다."

포스카는 잠시 입을 다물었다가 똑같은 단조로운 목소리로 다시 시작했다. 마치 책 한 장을 넘기는 것 같았다. 그녀는 정면을 향해 눈을 고정한 채 정신이 다른 곳에 가 있었고, 이 순간에 그 자리에 있지 않았다.

나는 작은 트림이 나오려는 걸 참았다.

"베네치아식 말린 대구 요리는 '몽블랑 바칼라'라고도 하지. 요즘은 말린 대구가 옛날처럼 보잘것없는 요리가 아니야. 요즘은 빵 끄트머리를 구운 것이나 세 가지 폴렌타(옥수수, 조, 밤 등의 가루로 만든 이탈리아식 죽)를 곁들여서 좋은 프로세코 와인 한 잔과

---

* Finger Food. 손으로 집어 먹을 수 있는 간편한 요리를 말함.

함께 전채요리로 나오지. 베네치아에는 바칼라 요리를 만드는 여러 가지 요리법이 있어. 특히 비센차 지역의 특별 요리로 그곳에서는 멸치와 채를 친 파마산 치즈와 파슬리를 넣어 익히지. 베네치아식 요리법은 대구 조합의 추천을 받은 것이야.

4인용 재료. 불려둔 건대구 1킬로그램, 우유, 올리브유, 소금, 후추. 먼저 건어를 깨끗이 다듬는다. 껍질과 뼈를 제거하는 것이 가장 손이 많이 가는 작업이지. 결대로 갈라질 수 있게 오래도록 두들겨야 해. 하지만 가루가 나서는 안 돼. 냄비에 내용물이 잠길 정도의 우유를 미지근하게 데운 다음 손질한 대구를 넣고 아주 약한 불에 나무주걱으로 저으면서 물기가 완전히 흡수될 때까지 끓여. 계속 저으면서 대구를 갓 뽑은 올리브유에 담가. 우유와 기름을 번갈아 넣어가며 크림이 될 때까지 잘 저은 다음 소금과 후추를 치고, 다진 파슬리를 살짝 곁들여 내놓으면 돼.

완두콩 밥. 4월 25일, 도제(Doge) 축제의 전형적인 요리……."

"우엑, 포스카, 그만 하세요. 계속하시면 다시 내려서 토해야 할 것 같아요. 이런 일이 있고도 어떻게 그러실 수가 있지요?"

"이건 일종의 명상이야. 하나의 요리를 만드는 최고의 방법을 생각하는 것 말이다. 난 피곤할 때면 요리책을 읽는 데 몇 시간씩 몰두하기도 해. 그러면 편안해져……."

반가운 침묵의 휴식 후에 우리가 파비 근처의 논을 지나갈 때 포스카가 준코에 대해 이야기한 적이 있냐고 내게 물었다.

"준코 도브빌은 쥘의 두번째 부인이었어. 쥘이 죽었을 때 준코도 따라 죽으려고 했지. 그만큼 그를 사랑했던 거야. 그녀는 그를 나보다 훨씬 더 많이, 그리고 더 제대로 사랑한 것 같아. 이 자그마한 일본 여자는 아주 예쁘지는 않았지만 모든 게 완벽하게 아담했지! 분홍빛 도는 작은 입 속에서 아몬드처럼 반짝이는 작은 치아들, 작은 손톱들, 통통한 작은 손, 작은 코, 아주 작은 발, 작은 가슴, 개살구처럼 아주 작은 엉덩이. 꼭 사탕 같았지.

그녀 곁에 있으면 나는 경기병처럼 투박해지는 느낌이 들었어. 준코는 열여덟 살이었고, 매혹적이었어. 나도 그 여자에게 매료되었으니 쥘이 매료된 건 당연하지.

더구나 어느 날 꽃병에 장미를 꽂는 모습을 보고서 난 그녀가 그에게 이상적인 여자라는 걸 단번에 깨달았지. 그녀는 꽃을 하나씩 들고서 가지를 비스듬히 자르더니 성냥불로 태웠어. 한 송이씩 말이다. 50송이나 되는데!

얼마 후 나는 쥘의 서랍 속에서 준코의 입을 찍은 사진들을 발견했지. 그냥 온통 그녀의 입뿐이었어. 열린 입, 닫힌 입, 반쯤 열린 입, 혀를 내민 입, 찡그린 입까지.

이 일은 예전보다 날 덜 아프게 했지만(난 심장을 냉장고에 넣어두었으니까) 내가 바보 취급당하는 데에는 화가 났지.

이미 너한테 말했지만 난 게을러. 암코양이들은 이사하는 걸 좋아하지 않지. 그런 일이 있고도 난 조금 더 끌다가 마침내 떠났어. 작은 여행가방과 내가 좋아하던 책 몇 권만 들고서.

리츠 호텔로 이사를 한 뒤 그에게 계산서를 보냈지.

이 모든 게 연말 축제 기간 동안에 일어났단다. 새해를 맞이하는 밤을 나는 카페 플로르에서 샌드위치와 책 한 권과 샴페인 한 잔을 앞에 두고 보냈지.

20여 년 전 어느 날 밤, 나는 이상한 소리에 잠에서 깨었지. 가을이었는데, 비가 내렸고 마로니에 가지 사이로 바람이 울부짖고 있었어. 귀를 기울여 보았지만 더이상 아무 소리도 들리지 않았어. 그러다 갑자기 어떤 소리에 소스라치게 놀랐지. 마치 상처 입은 고양이의 울음소리와 새 울음소리 중간쯤 되는 소리였어.

불 꺼진 채로 나는 그 소리가 어디에서 나는지 보려고 일어났단다. 부엌문은 막다른 길로 나 있었지. 나는 조심스레 커튼을 젖혔어. 창문 너머로 죽은 사람의 머리 같은 얼굴 하나가 유리에 눌린 모습이 보였어. 구조를 청하는 듯 입을 벌린 채 입술은 말려 올라가 있었고, 이가 드러난 채 젖은 머리카락이 흘러내려 얼굴을 가리고 있었지.

영혼을 찢는 듯한 또 한 번의 신음 소리가 들려왔어. 그 신음 소리에서 나는 내 이름을 알아들었지.

나는 준코에게 문을 열어주었고, 그녀는 반쯤 실신하며 내 쪽으로 쓰러졌지. 이렇게 나는 내 경쟁자의 몸을 품에 안았을 뿐만 아니라 동시에 내 옛 남편의 사망 소식도 듣게 되었단다. 나는 그녀와 함께 울었어. 내가 사랑했던 모든 남자들을 나는 어쨌든 여전히 사랑하니까.

나는 준코를 내 침대에 눕히고 밤새도록 끌어안고 있었지. 아침에 일어나서는 그녀에게 커피를 준비해주지 못했어. 일어나 보니 그녀는 이미 떠나고 없었거든.

쥘이 죽기 얼마 전에 나는 우연히 그를 만난 적이 있었지. 우리는 함께 커피를 마셨는데 그는 날더러 자기를 원망하느냐고 묻더구나. 나는 아니라고 대답했지. 누군가를 원망하려면 시간과 에너지가 필요한 법인데, 나는 차라리 계속 사는 걸 택했으니까. 그러자 그가 준코를 원망하는지 묻더구나. 그녀는 가질 만한 자격이 있는 걸 가졌을 뿐이라고 꽤 만족스런 대답을 해주었지.

진심으로 나는 준코와 결혼한 것이 쥘에게는 큰 행운이었다고 생각해. 그녀는 나로선 할 수 없을 만큼 그를 사랑했으니까. 준코에게는 쥘이 하는 모든 것이 다 좋아 보였으니까.

준코와 나는 친구가 된 적이 없었는데, 이날 밤 이후로 우리 둘 사이엔 어떤 공모 의식이 생겨났지. 따지고 보면 우리는 취향이 같았어. 생각은 같지 않았지만."

아름다운 선박

아슬아슬하게 피한 사고가 나를 완전히 깨우고 깨끗이 비웠다. 아드레날린이 내 피를 잠 깨우고, 공포가 위를 씻어낸 것이다.

실버 자동차는 밀라노 주변의 혼잡한 교통 속으로 끼어들었다. 비는 이미 그쳤고, 푸른 하늘 아래로 주변의 경치는 한층 더 추해졌다. 음산한 광고판들을 이고 줄지어 선 창고들.

나는 운전을 하면서 사과를 하나 깨물었다. 포스카가 간간이 브레사올라(쇠고기를 훈제하여 만든 일종의 육포) 조각을 내게 내밀었다. 나는 푸른 사과의 새콤한 맛과 훈제 고기 맛이 뒤섞인 맛을 음미했다. 운전을 하다 보면 절대적으로 명철하고 평온한 순간들이 있다. 그런 순간의 동작들은 만트라가 되어 시간과 공간이 더이상 아무 의미가 없게 된다.

베네치아에서는 당연히 할머니가 좋아하는 호텔인 데뱅 호텔에 투숙했다. 그녀가 끔찍이도 싫어하는 비스콘티의 유일한 영화 〈베네치아에서의 죽음〉과는 아무 상관없는 선택이다. 물론 나는 아무 말도 하지 않았다.

선착장에서 우리는 리도행 왕복선을 탔다. 포스카는 실버를 남겨두고 싶어하지 않았다. 모든 짐과 함께 손이 닿는 곳에 두고 싶어했다. 게다가, 그녀는 지나치게 인위적으로 끼워 맞춘 도시의 아름다움과 한데 뒤섞여 생활하는 걸 참지 못한다고 말했다. 그녀는 미술관에 가서 그림 하나만 보고 오듯이 마음 내키는 대로 가고 오는 걸 좋아했다.

"아름다움도 사람을 지치게 만들지."

그녀가 덧붙여 말했다.

리도는 그녀에게 아주 잘 들어맞았다. 그녀는 거기서 심지어 몇 가지의 옛날 습관도 되찾았다. 이를테면 베네치아 토박이들이 하듯이 엑셀시오르 호텔과 해변 사이에 있는, 작은 오두막인 카파나 하나를 빌리는 습관이 그렇다. 그녀의 이모들로부터 전수받은 습관이었다.

"나의 소중한 이모들, 진짜 도마뱀 같았지. 끝까지 삶에 악착스레 매달렸고, 일상의 즐거움에 무척이나 집착했으니까."

그녀가 말했다.

포스카는 베네치아와 내밀한 관계를 맺고 있었다. 그런 관계는 베네치아를 찬미하는 사람들 중에서도 특별히 편애가 심한 사람들에게만 주어지는 것이었다.

짐이 방으로 도착하자마자 그녀는 바로 샤워를 했다. 샤워가 끝나자마자 포스카는 내가 부러워하는 세련미와 여성미를 한껏 드러내며 진보라색 드레스를 입고 진주 목걸이를 걸치더니, "치장을 덜 하는 것이 가장 많이 하는 거란다"라고 말하고는 시내로 저녁식사를 하러 나가자고 했다. 그녀는 어깨에 캐시미어 숄을 두르고 큰 계단을 내려갔다.

그녀의 뒤를 따라 걸으면서 나는 그녀의 긴 목덜미와 꼿꼿한 머리와 드레스 깃에 닿을 듯 말 듯한 머리카락의 컬에 감탄했다.

손끝까지 곧고 아름다운 그녀를 보는 것이 어쩌면 마지막이 될지도 모른다고 생각하며 나는 그녀를 바라보았다. 허기지고 어딘지 모르게 남성적인 몸을 가진 청춘기의 나보다 노년기의 그녀가 훨씬 더 여성적이었다. 할머니는 이 저녁식사를 위해 내게 아주 우아한 아마로 만든 상의를 빌려주었다. 하지만 나는 그걸 이미 허리에 두르고 묶어버렸다.

포스카는 관리인에게 셔틀버스 운행 시간을 물었고, 그녀가 좋아하는 고상한 레스토랑인 에노테카 산 마르코에 자리를 예약해 달라고 부탁했다.

그녀는 저녁 내내 원기 왕성해 보였다. 가죽 앞치마를 두른 식당 주인이 우리에게 포도주를 보여주러 왔다. 그녀는 한 부대의 젊은 군인들이 마실 만큼이나 주문했다.

그녀는 은종을 가지고 장난을 쳤고, 유리잔을 가지고 재주를 부렸으며, 이것저것 한 모금씩만 마셨을 뿐 거의 먹지 않았다. 그녀는 한껏 쾌활했고, 천 가지 일화들을, 천 가지 농담들을 이야기했다. 나는 폴렌타와 작은 새우, 봉골레 스파게티를 먹었고, 남은 포도주에 비스킷을 적셔 먹으며 사이사이 웃었다.

포스카는 내가 먹는 모습을 보는 걸 좋아했다. 또한 내게 요리의 섬세한 기품을 알게 해주었다.

"이건 베네치아식 타파스(스페인의 모듬 전채요리)인 시체티야. 내가 제대로 이해한 거라면 주방장이 종 모양으로 만들어 익살스러우면서도 장중한 연출을 보여주려 한 거지."

이날 저녁은 바람이 없어 무더웠다. 커다란 구름 뭉치가 하늘 한쪽에 몰려 있었는데, 언제 달려왔는지 그 구름은 이제 우리 머리 위에 운집해 있었다.

포스카는 비바람이 몰아치는 날씨를 좋아했다. 오존 냄새가 나면 그녀는 들떠서 콧구멍을 벌름거렸다. 그럴 때는 꼭 팬더를 닮았다. 살짝 뾰족한 매부리코에 넓은 광대뼈, 가느다란 눈, 천진하면서도 고약한 표현이 불쑥 튀어나오는 것이 그렇다.

우리는 꽤 빨리 걷기 시작했다. 할머니의 지팡이가 박자를 맞추어 우리는 마치 다섯 개의 다리로 달리는 것 같은 이상한 뜀박질을 했다.

우리가 탈 셔틀 배가 정박해 있어야 할 리바 데글리 시아보니에 도착한 우리는 열다섯 명의 다른 승객들과 함께 데뱅 호텔 유니폼을 입은 한 선원으로부터 란시아 한 대가 고장이 났으니 리오에서 돌아오는 다른 배를 기다려야 한다는 달갑지 않은 소식을 들었다.

"언제쯤 도착할까요?"

할머니가 그에게 물었다.

"글쎄요!"

선원이 양팔을 벌리며 대답했다.

사람들은 반쯤은 당황해하고 반쯤은 재미있다는 표정으로 서로를 쳐다보았다. 여자들은 정성들여 손질한 머리에 하이힐을 신었고, 남자들은 파란색 블레이저와 흰색 셔츠, 구김살 없이 완벽한 바지를 입고 있었다. 모두가 똑같은 향기를 풍겼다. 호텔의 비누와 바디 샴푸 냄새였다.

특권층 무리가 어쩌다 부주의로 현실의 삶 속에, 곧 쏟아질 것 같은 소나기와 접근이 불가능한 호텔방 사이에 떨어지게 된 것이다.

혼자였다면 웃어넘겼겠지만 나는 포스카를, 그녀의 깨지기 쉬운 좋은 기분을, 그녀를 지탱해주는 한 가닥의 삶을 책임져야 했다.

비가 내리기 시작했다. 선원은 우리가 모두 꼭 붙어선 채 호주머니에 손을 넣고 떨면서 나지막이 얘기하고 있는 걸 보았다. 누군가 택시를 타자고 제안했고, 또 어떤 사람은 선원에게 증기선 정류장이 어딘지 물었다. 한 남자는 상의를 벗어 동반한 여자의 머리 위에 씌워주었다. 기사도적인 행동이었지만 금세 소용없는 일이 되고 말았다. 쏟아지는 빗줄기에 몇 초 만에 옷이 흠뻑 젖어버렸던 것이다. 다행히도 비는 미지근했다.

샤워한 것처럼 머리부터 발끝까지 젖고 나니 신경질적인 웃음이 우리를 사로잡았다. 여자들은 머리에 착 들러붙은 머리카락을 만지며 웃음을 터뜨렸다. 얇은 옷들이 비에 젖으니 속이 훤히 비쳤다.

마침내 셔틀 배 한 대가 새까맣게 불이 꺼진 채로 다가왔다. 배가 도착하고서야 누전 때문에 전기가 나갔다는 사실을 알게 되었다.

그러는 사이 또 다른 운 나쁜 사람들이 우리와 합류했는데, 그들 역시 완전히 젖어 있었고, 히스테리 발작을 일으킬 지경에 처해 있었다.

우리는 칠흑처럼 깜깜한 가운데 꽤 질서정연하게 배에 올랐다. 자리가 충분하지 않았다. 처음엔 서로 밀착해서 앉다가 나중에는 여자들이 남자들의 무릎 위에 앉았다.

　　리도에 도착해서 나는 포스카를 찾았다. 그녀는 재밌어했지만 입술은 새파랬다. 비로부터 보호하기 위해 그녀가 머리에 덮어 썼던 숄은 완전히 걸레가 되어 있었다. 나는 계단을 올라가는 걸 돕기 위해 그녀에게 손을 내밀었다. 손은 불덩이 같았다.

이렇게 설레는 마음으로*

밤사이 내린 비가 공기를 깨끗이 씻어놓았다. 잠에서 깨니 눈부신 태양이 우리의 호텔방을 환하게 비추고 있었다.

포스카는 몸이 좋지 않았다. 갈증이 심했지만 아무것도 삼키지 못했다. 목구멍이 부어서 몇 모금만 마셔도 숨이 막히는 것 같다고 했다.

전날 저녁에 체온을 재었을 때는 38.4도였는데, 오늘 아침은 다행히 37.5도로 떨어져 있었다. 나는 탁자에 홍차와 카밀레 차를 따끈하게 준비했고, 좀더 쉽게 마실 수 있도록 바에다 빨대를 부탁해서 가져왔다. 늘 그렇듯이 그녀는 불평하지 않았다.

* Di Tanti Palpiti. 조아키노 로시니의 오페라 〈탄크레디(Tancredi)〉 중에 나오는 유명한 아리아.

숄과 책 사이에 누워 무릎 위에 담요를 덮고 지팡이는 침대 천장에 매달아둔 채 그녀는 숨쉬기가 힘드니 베개를 더 달라고 했다.

"패션쇼를 하기 전의 모델들처럼 눈 밑에 다크서클이 안 생기게 하려고 그러는 거야" 하고 그녀가 농담을 했다. 그리고 덧붙여 말했다.

"할 수만 있다면, 볼 만한 시체가 되고 싶어."

바보 같은 소리 말라고 약간은 차갑게 응수했던 것이 이제 와서 후회스럽다.

밤사이 자면서 끙끙 앓아놓고선 오늘 아침 그녀는 내게 잘 잤다고 말했다.

그녀가 중얼거렸다.

"이상하지만 멋진 꿈을 꿨어. 예술 작품으로 가득 찬 갤러리에서 내가 예전에 사랑한 남자를 만났지 뭐야. 그 사람이 천사처럼 곱슬곱슬한 머리를 하고서 갑자기 내 곁에 있는 거야. 그러더니 처음엔 우연의 일치 같아 보였는데, 그곳에서 멀지 않은 곳에 사랑이라기보다는 지나가는 바람이라고 해야 할 관계를 맺었던 또 다른 남자애가 있는 거야. 당황스러웠지. 그렇지만 그럴 듯한 표정을 지었어. 연인 둘을 동시에 만나는 일은 현실에서도 이미 겪어봤으니까……

냄새며 맛까지 느껴질 정도로 정말 생생하고 관능적인 꿈이었어. 나는 샴페인을 홀짝이며 합창대 친구들인 마리와 클로틸드와 수다를 떨면서 태연한 척했지. 마리는 소프라노 가수 활동을 막 시작했을 때 알게 되었는데 그때처럼 아주 젊고 예뻤고, 클로틸드는 병들기 전처럼 순수했어.

그때 갑자기 한 남자가 뒤에서 내 뺨과 목덜미 사이에 입을 맞추었단다. 돌아다보았지. 사뮈엘이었어. 내가 사뮈엘 얘기를 했었나? 그는 웃고 있었고, 난 그의 아름다운 눈과 관능적인 입에, 나를 감싸는 향기, 갓 구운 빵 냄새처럼 좋은 향기에 언제나 그렇듯이 가슴이 설레었지. 내가 어찌할 줄 몰라 당황한 채 그의 얼굴을 뚫어져라 쳐다보는 동안 또 다른 두 남자가 상냥하지만 빈정거리는 표정으로 나를 지켜보고 있었단다.

쥘이 거기 있었어. 카밀로도. 그리고 니겔은 나를 다시 만나게 된 기쁨으로 반짝이는 눈을 하고 나를 품에 안고서 입을 맞추었지. 그들은 모두 젊었고 잘생겼어. 그리고 내가 그들을 알고 사랑했을 때만큼이나 부드러웠지. 음악이 시작되었고, 그들은 한 사람씩 나와 춤을 추었단다. 샘과는 거의 움직이지 않고 오랫동안 끌어안고 있었지만 나의 마지막 춤은 클로틸드를 위한 것이었지. 아냐, 클로틸드에 대해서는 얘기한 적이 있어. 마침내 음악이 멈추었을 때 나는 늙은 여자가 된 이 몸으로 잠에서 깨어났단다. 그들은 모두 내게 작별 인사를 하러 왔던 거야."

포스카가 마른기침을 하자 나는 심장이 찢겨나가는 것 같았다.

"……얘야, 걱정하지 마라."

나는 사뮈엘과 클로틸드가 누구인지 물었지만 이미 늦었다. 그녀는 눈을 돌렸고, 그녀의 시선은 이미 멀리 떠나 있어서 마치 거울 뒤에서 오는 것 같았다. 그러더니 그 느낌마저도 벌거벗은 현실과 입술 위에 머무는 미소만 남기고 금세 사라졌다. 포스카는 내게 화장실에 데려다주겠냐고 평범한 말투로 물었다. 그녀는 지팡이를 한 손에 쥐고 다른 손으로 나를 짚었다.

그녀가 욕실에 있는 동안 나는 노래를 해달라고 부탁했다. 눈에 보이지 않으면 불안했던 것이다. 그녀는 그럴 필요 없다며 웃더니 잠시 후 약간 허스키한 멋진 목소리로 내가 알지 못하는 노래를 흥얼거리기 시작했다.

나는 문 앞 바닥에 퍼질러 앉아 기다렸다.

그림자 탐험

욕실에서는 물 흐르는 소리가 들렸다. 포스카가 닥치는 대로 아무 노래나 흥얼거리는 소리가 들렸다. 이를 닦으면서 그녀는 고양이 울음 같은 소리밖에 내지 못했고, 그것이 그녀를 웃게 만들었다.

나는 호화롭지만 개성 없는 가구로 장식된 커다랗고 밝은 방에 하릴없이 남아 있었다. 호텔방을 끔찍이도 싫어하는 내가 호텔 서비스를 받고 있었다. 제아무리 수백 유로를 지불해도, 잠을 자고, 사랑을 나누고, 먹고, 텔레비전을 보고, 화장실을 가고, 옷을 벗

고, 어둠 속에서 울고, 어둠 속에서 기도하고, 손가락으로 코를 후
비는 이 모든 사람들의 무언가는 허공에 뜬 채 커튼에 매달려 있
다. 이 모든 삶의 편린들이, 스쳐가는 육체와 영혼의 곰팡내가 구
석구석에 쌓여 있다. 나는 호텔이 끔찍이 싫다. 궁전풍의 호화 호
텔, 하숙집, B&B*, 누구의 것도 아닌 이 방들, 모두의 것인 이 방
들이 싫다.

　나는 특히 호화 호텔을 싫어한다. 호화 호텔과 그 수많은 시궁
창에서 올라오는 악취가 나는 정말이지 끔찍하다.

　모나코의 어느 호화 호텔 식당에서 나는 손에 샤넬 가방을 두
개나 든 여자를 보았다.

　뉴욕에서 스위트룸에 묵었던 한 젊은 미국 여자가 내게 말하
길, 자기는 베드로에게 기도를 하는 것이 아니라 하느님과 직접
대화하면서 자기에게 필요한 것을 큰 목소리로 강하게 요구한다
고 했다.

　플로리다에서 나는 거의 미라 같은, 억만장자였던 과부와 이야
기한 적이 있다. 그녀는 아침에 두 시간, 저녁에 두 시간씩 수영을
했다. 그녀는 호화 호텔 생활을 했는데, 반드시 큰 수영장을 갖춘
호텔에서만 지냈다.

　엄밀히 말하자면 나는 호화 호텔에서 종종 볼 수 있는 폐허를
좋아한다. 폐허가 된 호텔도 좋아한다. 썩은 계단 난간, 곰팡이 슨

＊ Bed & Breakfast. 잠자리와 아침식사를 제공하는, 민박과 비슷한 숙소.

소파, 쓰레기통에 내던져야 할 조리기구, 구멍 난 시트, 망가진 매트리스, 텅 빈 바, 광택을 잃은 식기들, 아무것도 열지 못하는 열쇠들, 아침식사로 계란 요리를 담아내는 커다란 가짜 은 냄비 위에 화려하게 적힌 이름 따위만 보이는 호텔을 아주 좋아한다.

내가 좋아하는 호화 호텔은 영화 〈샤이닝〉의 끝 무렵에 나오는 불타는 호텔이다. 그것은 마땅한 종말이었다. 괴물들과 비극적인 사랑, 진드기처럼 들러붙는 좀비들과 위선적인 하인들로 가득한 호텔에 마땅한 종말이다.

욕실에서는 물이 계속해서 흘렀다. 포스카의 노랫소리도, 움직이는 소리도 들리지 않았다. 나는 심장이 멈추는 것 같았다. 바닥에 쓰러진 그녀의 모습이 떠올라 숨이 막혔다. 나는 문을 있는 대로 활짝 열었다. 예감이 적중했다.

나는 그녀를 들어 침대에 눕혔다. 그녀는 아주 깨끗하고 향수도 뿌렸고 머리도 빗은 모습이었지만 입술이 보랏빛이었고, 완전히 닫히지 않은 눈꺼풀 아래로 눈동자가 보였다. 우윳빛 가운데 보랏빛이 보였다.

나는 의사를 부르려고 서둘러 로비에 전화를 걸었다. 그런데 포스카의 손이 내 팔을 붙들었다. 그녀는 전화를 걸지 말라고 웅얼거리며 몸을 돌려 눕더니 힘차게 숨을 쉬기 시작했다.

나는 그녀 곁에 머물렀다. 오후가 지나갔다. 바닷가 쪽 테라스에서 식기 부딪치는 소리와 말소리가 커지더니 곧 잦아들었다. 마지막 웨이터가 마지막 잔을 치우고 마지막 갈매기가 울음을 그치고 정적이 찾아들었을 때 나도 잠이 들었다.

포스카가 벌거벗은 채 말을 거꾸로 타고 앉아 달리는 꿈을 꾸고 있는데 나를 쓰다듬는 그녀의 손길이 잠을 깨웠다.

동이 트고 있었다.

다정하면서 장난기 어린 그녀의 눈이 나를 바라보고 있었다.

내가 알지 못하는 목소리로 아주 나지막이 그녀가 말했다.

"괜찮니, 내 딸아, 내 사랑하는 딸……."

그러더니 그녀는 내 손을 찾아 입을 맞추고 자기 손 안에 넣고 꼭 쥐었다. 녹아버릴 듯한 피부와 뼈로 된 그녀의 작은 손에서는 여전히 라벤더 비누 향기가 났다.

나는 너무도 겁이 났다. 뭐가 겁난단 말인가. 겁낼 사람은 내가 아니었다…….

포스카는 다시 내 손을 꼭 쥐며 말했다.

그녀의 목소리가 너무 약해 제대로 듣자니 그녀 옆에 눕지 않을 수 없었다. 그러자 나를 향해 얼굴을 돌린 채 그녀가 몇 마디 내뱉었다.

"……고통은 말이다, 콩스탕스, 변화를 거부하는 데서 오는 거란다. 나는 미끄러지듯이 가만히 있을 거야. 나를 붙잡아두려고 애쓰지 말거라. 그렇게 해서 내가 몇 시간 더 살게 될지라도…… 잉여로 몇 시간 더 살게 된다 할지라도……."

그녀의 숨소리에서 휘파람 소리가 났다.

"……내 심장은 곧 덜 뛰는 것에 익숙해질 것이고, 더이상 뛰지 않는 법을 배우게 될 거야……. 겁내지 마라. 부탁이야, 날 돕는 셈치고 의연해다오."

그녀의 온몸이 가벼운 열기에 사로잡혀 떨리는 게 느껴졌다. 마치 사랑하는 누군가에게 하기 힘든 얘기를 하고 싶은데, 누군가에게 우리를 사랑하느냐고 묻고 싶은데, 도저히 하지 못할 거라는 생각이 들어 감히 용기를 내지 못할 때처럼.

그녀의 목에서 핏줄이 펄떡였고, 그녀의 얼굴이 내 얼굴 쪽으로 한층 더 다가왔다.

"내 연인들 가운데 한 사람은 사랑을 나누는 동안 내 얼굴에 대고 숨을 쉬었지. 그것이 내 삶에 있어서 가장 감미로운 순간이었던 것 같구나……. 지금 네 신선한 입김이 느껴져. 이것이 내 죽음의 가장 감미로운 순간이야……."

"할머니……, 이건 위반이에요. 제게 약속한 것의 반도 이야기하지 못하셨잖아요."

"나머지는…… 내 딸아……, 나머지는……."

포스카는 잠을 청하려는 듯 돌아누웠다. 나는 점점 더 불규칙해져가는 그녀의 호흡을 살폈다.

나는 한 손을 그녀의 손 위에 올리고, 팔을 야윈 옆구리 위에 가볍게 얹었다. 하지만 포스카는 더이상 무엇이 무겁고 가벼운지 알지 못했으며, 지쳐버린 어린 소녀처럼 한숨을 몇 번 내뱉더니 나를 떠나갔다.

바람이 불 때

나는 조난당한 사람처럼 한동안 넋을 놓고 있었다. 그러다 짐을 챙겨 재빨리 내려왔다. 아침 여덟 시 가까이 되었다. 다행히 아직 야간 문지기밖에 없었다. 나는 그에게 할머니가 몸이 좋지 않아서 집으로 돌아가고 싶어한다고 설명하고 계산서를 요구했다. 그리고 그에게 팁을 듬뿍 남기고 포스카를 차에 태우는 데 도와주겠다는 걸 거절했다. 나는 포스카의 몸을 연보라색 담요로 감싸고, 커다란 잠자리 안경을 코에 걸쳤다. 그리고 전에 그녀가 자동차에서 잠들었을 때 했던 것처럼 안았다. 첫날밤 신혼방 문턱을 넘을 때 신부를 안듯이.

나는 외국에서 사망자가 생겼을 경우 취해야 하는 조치들을 깡그리 무시했다. 포스카의 몸은 이제 그녀의 것이 아니었다. 일시적일지언정 다른 누군가의 소유가 된 것 같았다……. 그녀가 준 교훈들이 효력을 보이기 시작했다.

바람이 불 때 돛을 올려야 한다. 나는 그렇게 했다.

이날 오후 우리는, 아니 나는 파리에 있었다. 부엌 전화로 전화를 걸어 그녀를 실으러 올 사람을 불렀다.

편지봉투는 부엌 한가운데 큰 식탁 위에 놓여 있었다. 지금까지 내 머리에서 떠나지 않는 그 편지를 나는 이제 외우고 있다. 편지는 하나의 도전을 던지듯 끝맺고 있다.

……네게 아직 할 말이 많은 것 같았는데 이제는 모르겠구나. 이 마지막 말들이 내 펜 아래로 고분고분 나와주었으면 했는데, 꼭 잉크를 흘린 얼룩만 같구나. 할 수 없지.

곰곰이 생각해보면 난 운이 좋았단다. 큰 고통들은 면하고 살아왔지. 사람을 죽게 만드는 고통 말이다. 난 살게 만드는 고통들밖에 겪지 않았지. 불행을 중심으로 나를 일으키거나 무너뜨리지 않아도 되었으니까. 나는 아주 일찍부터 사랑을 받았고, 할 수 있는 만큼 최대한 사랑했단다. 마리가 나에 대해 이렇게 말했지.

"포스카한테는 자기 주변 사람 모두가 잘 지내길 바라는, 건강한 사람들이 품는 이기심이 있어."

어쩌겠어? 나한테는 잘 지내는 것이 다른 사람들에게도 좋은 일이었는걸.

콩스탕스, 너는 나 같지가 않아. 네가 고통을 중심으로 일어서 있는 게 아니라면 결핍을 중심으로 서있는 게 틀림없어.

너도 알겠지만, 너한테 내 생각을 강요하고 싶지는 않았단다. 멀리서 너를 지켜보았지. 넌 혼자서 잘 지냈고 아무도 필요로 하지 않는 것 같았어. 난 너무 늦기 전에 너를 알고 싶었단다.

내 마지막 바람은, 떠들썩한 침묵 속에서 내 삶의 일부를 채운 비밀의 길을 네가 혼자서 찾아보았으면 하는 거란다. 이 모든 것이 조금도 단순하지 않다는 사실을 넌 알게 될 거야. 어떤 삶도 단순하지 않고, 어떤 사랑도 그렇지 않아. 마음과 정신과, 그리고 운이 어우러진 것이니까.

이제 나는 떠나. 온 마음으로 너를 사랑한다.

너의 할머니, 포스카

갑자기 세찬 바람이 불어와 정원 한구석에 정성껏 모아둔 낙엽들을 몽땅 쓸어가버린 것만 같다.

나는 잠이 들었다.

다즐링 첫번째 플러시

6월 초. 포스카가 떠난 지 벌써 열흘째다.

그 사이 아카시아 꽃이 피었다가 졌다. 나는 아무것도 하지 못했다. 약간 거추장스러운 이 유산을 처리해야만 했기 때문이다.

오늘 저녁에는 마리를 저녁식사에 초대했다. 그녀는 검은색 새 원피스와 높은 샌들로 한껏 차려입고서 제시간에 도착했다. 그녀의 하이힐에서는 최고급 가죽의 광택이 났다. 강바닥에서 발견할 수 있는 매끈매끈한 조약돌처럼 손에 올려놓고 싶은 마음이 들게 하는 신발이었다.

포스카의 집으로 저녁식사를 하러 올 때면 마리는 종종 자기를 유명하게 만들어준 곡을 우리를 위해 흥얼거리곤 했다.

그녀의 숭고한 목소리도 이젠 많이 늙었다. 그 사실에 대해 그녀는 개인적 모욕이라도 되는 것처럼 수치심을 느꼈다. 〈카스타 디바(Casta Diva)〉*를 반음 올려 부르던 그녀에게 그런 일이 닥치다니!

오후 시간에 나는 포스카의 요리법 노트 하나를 펼쳤다. 하지만 그 이상 멀리 갈 용기는 나지 않았다. 마리는 미식가인데 나는 지독히도 솜씨 없는 요리사였기 때문이다. 포스카가 맛있는 음식을 먹는 즐거움을 내게 전수하긴 했지만 그렇다고 마술처럼 내가 요리를 할 줄 알게 된 건 아니다. 분명한 건 그녀의 노트가 내게 요리하고 싶은 욕구를 준다는 사실이다.

포스카의 노트들은 놀라웠다. 족히 백여 개는 되었다. "소중한 친구들을 위한 여름날 저녁 요리법" 또는 "비 온 뒤의 요리법"과 같은 식의 메모와 그림들이 가득했다. 이런 메모도 있었다. "좋아하지 않는 사람들과의 품위 있는 저녁식사 : 머리를 날개 속에 숨긴 채 내놓는 피 흐르는 비둘기 요리에 '죽음의 나팔' 버섯 스튜를 곁들인다." 이 요리에 곁들이는 샐러드 잎은 잘라서 내놓아서는 안 된다고 특별히 적혀 있었다.

노트 중 하나에서 요리와 전혀 상관없는 생각들도 발견할 수 있었다. "계속해야만 해. 계속할 수 없어. 계속할 거야." 그리고

* 빈센초 벨리니의 오페라 〈노르마(Norma)〉 중에 나오는 아리아로 '정결한 여신' 이라는 뜻.

1949년도의 이런 메모도 있었다. "기억나나요? 우리가 함께했던 그 여름밤들, 고요한 긴 저녁들, 춤추는 반딧불이들, 단조로운 귀뚜라미 소리……. 우리의 권태로움이 기억나나요? 말없이 사랑을 나누던 밤들이? 평생 함께하겠다던 약속, 나의 늙음까지도 당신 팔로 감싸 안겠다던 약속도 기억하나요? 언제 잊었나요? 언제 처음으로 나를 배신했나요? 두번째는 또 언제인가요? 언제부터 나를 사랑하지 않게 되었나요?"

포스카는 당당했다. 하지만 그녀의 우화에는 불안과 고통에 사로잡힌 늙은 여자가 빠져 있었다. 이 마지막 여행에서 그녀는 과거를 지우면서, 철학적 치장 아래 과거를 감추면서, 자신의 고통을 추억의 파도 속에 빠뜨리고서 자화상을 그렸다.

같은 노트에 친구 클로틸드에 대한 묘사도 있었다.

"……검은 머리, 가냘픈 목덜미 위에서 살아 꿈틀거리는 뱀의 무게, 흑인 여자처럼 콧구멍이 큰, 작고 곧은 코. 짙은 갈색의 성스러운 얼굴에 비해 그녀의 입은 거의 외설적인 느낌을 준다.

그녀는 청소년기 여자애 같은 손목과 발목, 아이처럼 처진 어깨, 동그랗고 묵직한 엉덩이, 허리께가 옴폭 들어간 몸매를 가졌다.

클로틸드는 기이한 천재들이나 영재들처럼 바보 같다. 목소리는 변성기 소년 같다. 그녀의 이 점이 가장 사람의 마음을 뒤흔드는 점이다.

내 여자 친구들은 모두 내가 남자였더라면 연인이 되었을 사람들뿐이다."

늑대

저녁식사 준비를 마리에게 거의 완전히 맡겨버렸다. 냉동고를 뒤지러 간 것도 그녀였다. 그러고 나서 나는 그녀가 포도주를 고르도록 지하실까지 따라갔다. 그녀를 위해 얼음통에 샤나뉴 몽트라세 한 병을 담았다. 나를 위해서는 오랑지나(오렌지 맛 음료) 캔을 하나 땄다.

우리는 마로니에 나무 아래서 검은 올리브와 오렌지 껍질로 만든 페스토(Pesto)와 피스타치오를 넣은 만새기 요리로 저녁식사를 했다. 그래도 나는 콘샐러드(유럽과 북아프리카가 원산지인 샐러드용 채소)와 유채와 시금치 새싹으로 샐러드를 만드는 데 성공했다. 그리고 마법의 냉동고에서 아몬드 샤베트를 꺼내왔다. 샤베트는 포스카가 병 여러 개에 가득 채워둔 개암 비스킷과 완벽하게 어울렸다. 마리의 야유에 못 이겨 나는 결국 음료수 캔을 버리고 차가운 말바시아 와인을 한 잔 마셨다.

포스카와 마찬가지로 마리도 말을 잘했고 또 말이 많았다. 나는 내 습관에 충실하게 입을 다물고 있었다. 말 많은 늙은 부인네들은 대화하는 수고를 덜어주어서 편했다.

게다가 나는 항상 주의를 기울여 듣는 편이 아니다. 흘려듣는다. 그러다 한마디나 한 문장씩 주워듣는다.

마리가 말했다.

"장미의 기억이 남아 있는 한,"

나는 고개를 저어 말을 끊었다.

"마리, 무슨 말인지 모르겠어요."

"너한테도 포스카한테 말하듯이 했구나. 우리는 종종, 뭐랄까……, 우리만의 조크로 말하곤 했거든. 오래된 우정은 이런 내밀한 말들로 이루어지지. 문장을 완전히 말해보면 이래. '장미의 기억이 남아 있는 한 정원사가 죽는 걸 보게 되는 일은 없어.' 이건 포스카와 나 사이의 상투어가 되어버렸지. 클로틸드는……,"

나는 다시 말을 끊었다.

"전 클로틸드가 누군지 몰라요."

"포스카의 가장 친한 친구지."

"당신이 아니고요?"

"오, 나는 친구라기보다는 자매였지."

갑자기 그녀는 떨어진 비스킷에 온통 정신을 팔았다. 그러더니 나를 쳐다보지도 않고서 말했다.

"클로틸드는, 현악기를 만드는 장인들의 표현대로 말하자면, 바람이 들었지. 활을 만드는 것이 악기 전체를 만드는 것만큼이나 어렵다는 사실은 너도 알 거야. 활은 남아메리카에서 나는 부러지지 않는 나무 페르남부쿠(브라질의 지명이자 지구상에서 가장 단단한 나무의 이름)와 암말 꼬리에서 나온 말총으로 만들지."

"왜요, 수말의 말총은 안 되나요?"

"안 돼. 암말은 꼬리에다 오줌을 누지만 수말은 그렇지 않거든.

오줌이 묻으면 털이 아주 질기면서 부드러워진단다."

마리가 이어서 말했다.

"바람이 든다는 건 나무 섬유 속에 질병이 숨어 있다는 얘기야. 나무가 병들면 그 고통은 영원히 각인되지. 그러면 세상에서 가장 멋진 활이 될 수도 있지만 결국은 틀린 음을 내고 말게 되지.

포스카와 클로틸드는 말이다, 말하자면 암코양이들이었지. 노는 척하면서 서로를 물어뜯고 상처까지 입힐 수도 있었어. 클로티드는 마치 생쥐가 코끼리를 성나게 만들듯이, 혹은 전갈이 암송아지를 물듯이 포스카를 괴롭혔지. 이런 말을 하자니 안됐지만 사실이야.

포스카는 클로틸드를 아주 좋아했단다. 그러면서도 시골 사람 같은 심정으로 약간 곁눈질로 그녀를 살피기도 했지. 농부들이 수확 전에 하늘을 쳐다보듯이 말이다."

마리는 공정하면서 눈치가 빠르다. 나는 입을 다물고 있다 보니 침묵이 말을 함정에 빠뜨린다는 걸 안다. 특히나 말하고 싶어 하지 않는 말들을.

가장 진화된 원숭이 집단에서 왜 가장 늙은 암컷들이 통치를 하는지 이해하겠다. 또한 왜 남자들이 버티던 손을 훨씬 일찍 놓는지도.

나는 무심코 마리에게 그들 집단의 남자들 가운데 아직 살아 있는 사람이 있는지 물었다. 어떤 청혼자나, 여왕의 부군이나 약혼자나, 자기 나름의 버전으로 사실들을 들려줄 생존자가 있는지.

"무슨 사실?"

마리가 경계심을 보이며 내게 물었다.

애야, 조급해하지 마라. 흐르도록 내버려둬. 방금 묻은 피는 쉽게 씻기지. 어디서 흘렀는지도 금세 모르게 돼. 그런데 오래된 핏자국은 눌러붙는단다. 씻어낼 수가 없지.

마리는 아무 일도 없었던 것처럼 자기 얘기를 이어갔다. 하지만 나는 듣고 있지 않았다. 의자에 앉은 채 떨고 있었다. 그러다 갑자기 더이상 견딜 수가 없어서 꽤나 무뚝뚝하게 질문을 던져 마리가 쏟아내는 기억의 흐름을 끊어놓았다.

"사뮈엘이 누군지 알 수 있을까요?"

마리가 갑자기 기침을 쏟아냈다. 그녀가 죽는다면 내 잘못이 될 것이다. 그렇지만 너무도 연약한 그녀의 등을 도무지 두들길 수가 없었다. 따라서 나는 기다렸다. 기침이 일단 진정되자 나는 그녀를 롤스에 태워 데려갔다. 나는 그녀를 뒷좌석에 앉혔고, 그녀는 동백꽃 부인 역할을 했다.

그녀를 집 앞에 내려준 다음 나는 기분 전환도 할 겸 한 바퀴 빙 돌았다. 기분이 한결 나아졌다. 파리는 보리수와 휘발유와 더운 아스팔트 냄새를, 그리고 또 다른 냄새를 풍겼다. 파리의 냄새였다.

퐁뇌프 다리로 접어들면 언제나 홀리는 듯했다. 나는 파리의 천사들을 좋아한다. 우아하고 가벼운 바스티유의 천사, 팔에 월계수를 두르고 육중한 젖가슴과 엉덩이를 드러낸 샤틀레의 천사, 분수대의 괴물들, 식물원 부근의 뒤얽힌 뱀들, 시끌벅적한 광장 한가운데에서 물을 토하고 있는 순한 사자들. 이 모든 신화 속 동물들은 낮에는 침묵했고, 밤에는 밖으로 나와 사람들의 꿈을 풍성하게 장식했다.

나는 차창을 내리고 팔꿈치를 올린 채 오래도록 내달렸다. 나는 파리를 좋아하고, 좋아하는 만큼 싫어한다.

집으로 돌아왔을 때는 거의 새벽 세 시가 다 되어 있었다. 집은 깜깜했다. 포스카의 창문에서 빛나는 불빛밖에 없었다.

그녀가 하얗게 샌 밤들은 나의 밤이기도 하다.

사랑, 노화 그리고 담배

포스카의 방 서랍들은 정돈되어 있지 않았고, 장롱과 궤짝들은 오만 가지 물건들로 가득 채워져 있었다. 조개껍질들은 습기 먹은 나무토막 옆에서 가루가 되어 부스러지고 있었고, 성모상 메달과 사슬 끝에 달린 나폴리식 나팔이 시커멓게 변한 은으로 된 작은 하트 모양 옆에 놓여 있었다. 포스카를 제대로 보여주는 물건들이었다. 그녀는 관습에 따라 미신 성향도 있고, 개종한 이교도처럼 종교적이며, 사랑을 해도 무정했다.

사람이 한평생 살고 나면 얼마나 많은 물건들이 쌓이는지! 그렇지만 모든 삶이 그런 건 아니다. 내 삶은 숱한 여행과 고독과 수줍음과 빈약한 인간관계로 인해 가벼웠다.

바로 그래서 나는 포스카의 삶에서 내 삶에 결핍된 것을 찾고 있는 것이다. 그 열정을, 그 힘을, 많은 사물과 사람에 대한 그 집착을. 내 나이에 포스카는 카밀로를 떠났고 쥘과 재혼했으며, 이미 또 떠났다. 내 나이에 그녀는 기다리던 아이를 갖지 못해 씁쓸해했다.

포스카는 자신의 번민들을 하얀 표면 뒤로 감추었다. 배신을 자유의 표명이라 하고, 도덕보다는 기꺼이 윤리를 말하며 그녀는 내게 자신의 밝은 부분만 보여주었던 것이다.

포스카의 사진들은 앨범에 붙어 있지 않았다. 옷이며 물건이며 이 모든 난장판을 정리하려면 도무지 올 것 같지 않은 여러 차례의 겨울을 기다려야만 할 것이다.

말라빠진 고무줄로 묶어둔, 가장자리가 들쭉날쭉한 사진 뭉치가 풀렸다. 몇몇 사진들이 양탄자 위로 떨어졌다.

처음엔 미소밖에 보이지 않았다. 사진 위의 젊은이들은 모두 한 가족인 것 같아 보였다. 그들은 친구처럼 손을 잡거나 어깨동무를 하고 있었다. 그리고 웃고 있었다.

나는 선 채로 위에서 그들을 내려다보았다. 흑백 사진이어서 모두가 잘생겨 보이는 건 아니었다. 그들은 정말로 잘생겼다.

휴가 사진. 휴가 기간이어서 모두가 잘생겨 보이는 건 아니었다. 거듭 말하지만 그들은 모두 정말 잘생겼다.

나는 무릎을 꿇고 앉아 사진을 반듯하게 챙겼다. 첫번째 사진에서 포스카는 비키니를 입고서 다리를 꼬고 앉아 손으로 햇볕을 가린 채 활짝 웃느라 잇몸을 드러내고 붉고 흰 입을 일그러뜨린 모습으로 사진기를 당당하게 쳐다보고 있었다. 다른 사진에서 그녀는 같은 자세를 하고 있지만 태양 아래 눈을 찌푸린 채 먼 곳을 응시하고 있었다.

왼쪽에는 곱슬머리를 허리까지 늘어뜨린 채 반바지와 끈 없는 브래지어 차림을 한 여자가 서있었고, 오른쪽에는 셔츠도 입지 않고 바지를 걷어올린 채 맨발에 한쪽 무릎을 꿇고 있는 남자가 있었다. 여자의 얼굴은 어딘지 감동적인 데가 있었고, 그녀의 웃는 모습은 울고 싶은 마음이 들게 했다. 아니 그보다는 애원을 하면서도 동시에 뭔가를 강요하고 있는 것 같기도 했다. 남자만이 카메라를 보고 있지 않았다. 그도 웃고는 있었지만 사진기를 보며 웃는 건 아니었다.

그는 고개를 약간 숙인 채 여자들을 바라보고 있었다. 약간 긴 머리카락 한 줌이 그의 침울한 이마 위로 흘러내려와 있었다. 그는 영국 중학교식으로 옆쪽과 뒤쪽은 아주 짧게 자르고 앞쪽은 긴 머리를 하고 있었다. 뺨이 홀쭉한 약간 마른 얼굴에 말끔히 면도한 턱과 입술이 두드러져 보였다. 멋진 목, 가녀린 어깨, 너무 빨리 자란 청소년의 가슴처럼 아주 넓은 가슴. 그의 바지는 가는 허리에서 흘러내렸고, 기품 있으면서 탄탄한 허리는 청춘기와 성숙기 사이에 처한 남자의 매혹적인 몸에서 가장 완벽한 부분이었다.

사진 뒤에는 "1954년 9월 6일"이라는 날짜와 "클로틸드와 사뮈엘"이라는 이름이 적혀 있었다.

사진들 가운데는 다른 것들보다 조금 더 큰 사진 하나가 있었다. 여름날의 붉은 밭에 누운 한 여자의 사진이었다. 여자는 장딴 지까지 바지를 걷어올리고 있었다. 흰색 셔츠는 풀려 있었다. 가 슴은 보이지 않았고 가슴 사이의 그을린 피부만 보였다. 눈을 반 쯤 감고서 그녀는 손에 담배 한 개비를 들고 있었다. 담배 연기가 그녀의 얼굴 위로 그림자를 드리우고 있었다. 다리 한 쪽을 다른 쪽 무릎 위에 올려놓아 발이 공중에 들려 있었다. 꼭 발가락을 천 천히 움직이고 있는 것 같았다. 그녀의 입술에는 흡족한 듯하면서 도 모호한 미소가 떠 있었고, 그녀의 얼굴은 피에로 델라 프란체 스카가 그린 천사의 얼굴 같았다. 입가가 처진 입도 똑같았다. 사 라져가는 여름의 냄새를 들이마시려고 콧구멍을 벌름거리며 허 공을 향해 들린 코도 같았다.

나는 매력과 아름다움과 젊음이 절정에 달한 포스카를 알아보 았다.

사진 뒤에는 "1954년 여름"이라는 날짜가 적혀 있었다. 나는 침대 위에 앉았다. 슬픔과 사랑의 밤들, 그리고 폴리시넬*의 비 밀, 낙엽과 죽은 물과 죽은 계절의 비밀들……, 어두운 밤의 품속 에서만 할 수 있는 것들이 있다. 애무를 되찾는 것, 헤어진 손들을 다시 잇는 것, 눈물의 흐름을 거슬러 올라가는 것.

---

* 이탈리아 가면 희극 〈코메디아 델라르테(Commedia Dell' arte)〉의 등장인물인 풀치넬 라의 프랑스식 변형으로, 듣고 싶어하는 사람에게 잔인할 정도로 모든 것을 말하며 비밀을 지키지 않는 광대이다. '폴리시넬의 비밀'은 모두가 알지만 드러내놓고 말하지 않는 공공 연한 비밀을 뜻한다.

나는 진한 커피를 한 잔 준비해서 축축한 풀밭에 발을 담근 채 밖에서 마셨다. 담배를 피우고 싶었다. 그저 친구 삼아.

이어서 나는 차근차근 모든 장롱을 열고 방을 모조리 약탈했다. 신발 상자 속에서 황금빛 샌들 한 켤레를 발견했다. 한쪽 굽이 없었다. 한 묶음의 편지와 검은색 노트를 싸고 있는 실크 종이에서 거미 한 마리가 달아났다. 편지와 노트 모두 1954년의 것이었다.

아파치 족의 겨울

1954년 1월 1일, 파리

파티장에서 당신은 꽃병 하나와 책 더미와 그리고 내 마음을 쓰러뜨렸소.

도서관에서 나는 당신에게 존대를 했는데 당신은 반말을 했지요. 내가 당신에게 다가가자 당신은 내게 키스를 했고 난 문을 걸어 잠갔소.

당신에게는 아무 말 하지 않았지만, 나의 야만적인 그대여, 당신이 내 위에 올라타고 있는 동안 베르그송의 〈도덕과 종교의 두 가지 원천〉 제2권이 내 등 아래에서 상처를 입히고 있었다오.

내일, 아니 오늘 봐요.

쪽지는 명함 뒤에 펜으로 씌어 있었다. 나는 명함을 돌려보았
다. "빅토르 위고가 14번지, 75016 파리, 사뮈엘 델빌"이라 새겨
져 있었고, 글씨 위에 줄이 그어져 있었다.

1954년 1월 11일, 파리

섬세함 너머에 그런 난폭함이 감춰져 있다는 점이 무한히 마음
에 드오. 결국 당신은 본질을, 다시 말해 동물적인 것을 향하고 있
군요.

당신을 생각하며,
사뮈엘

1954년 1월 13일, 파리

당신의 사진을 받았소. 당신은 아주 아름답고, 순수해 보이오.
그런데 나는 당신이 악마 같다는 걸 알고 있소. 당신은 천진난만해
보일 수도, 팜므 파탈을 연기할 수도 있고, 창녀의 모습을 가질 수
도 있고, 성녀로 행동할 수도 있소. 당신의 이런 점이 난 좋소.

당신과 함께 있을 때 뱀을 길들이는 조련사가 된 것 같은 기분
이긴 하지만 말이오.

키스를 보내오.
사뮈엘

1954년 1월 14일, 파리

날씨가 춥고 눅눅하오. 당신이 집에 도착했을 땐 내가 지금 손에 쥐고 있는 이 옷이 아쉬웠을 것이오. 당신의 옷은 다가오는 봄처럼 향기롭고, 바다처럼 향기롭소.

손님을 태운 택시들이 지나갔고, 당신은 나와 함께 비를 맞으며 기다렸지. 그러다 당신은 얼굴이 새빨개지더니 겸연쩍게 웃으며 이 한 줌의 레이스를 내 손에 안겨주었지요. 택시가 섰고 나는 떠나왔소. 당신이 남겨준 이 몇 그램의 천이 당신이 아닌 다른 것을 생각하지 못하게 막고 있소.

샘

〔날짜 없는 편지〕

포스카,

당신의 마지막 편지는 당신이 어떤 사람인지 잘 말해주고 있소. 당신이 여자라는 걸 말이오. 자신의 충동들을 행동으로 옮기기 전에 생각하는 데 길들여진 여자. 당신은 당신의 욕망들을 모른 척하기보다는 정면으로 대면하지요.

당신을 이제 조금 알 것 같소. 당신은 아낌없이 호의를 베풀고, 넉넉한 인심을 나누지만 그건 사람들의 마음에 들려는 욕구일 뿐이오. 그를 통해 타인들을 장악하려는 욕구일 뿐이오. 당신 자신에게라도 어떤 열등감을 털어놓는 것이 당신에겐 어려울 것이오.

하지만 당신은 틀림없이 이 모든 걸 이미 알고 있을 거요. 사람은 이미 이해한 것만 이해하는 법이오. 이 이해는 당신으로부터 온 것이기에 당신이 내게 바라는 것은 그저 거울을 돌려주는 것뿐이오. 그 일을 나는 기꺼이 하오.

키스로 편지를 봉하며,
사뮈엘

1954년 3월 21일

가련한 친구야,

어제 저녁 넌 그토록 넋이 나가 있으면서도 모든 게 잘 되어가는 것처럼 믿게 하려고 애썼지. 넌 웃고 있었지만 샐러드는 너무 짰고, 고기는 너무 익어 바싹 말라 있었어. 요리에서 실수하는 법이 없는 너잖아……

네가 아플 때 내가 곁에 있다는 걸 알아줘. 넌 언제나 내 곁을 지켜주었잖니.

내 우정을 믿어줘.

너의 친구 마리

1951년 3월 23일, 생 클루

친구야,

어째서 넌 늘 모든 걸 갖고 싶어하니?

네가 네 집에서 내게 사뮈엘을 소개했을 때(너무도 옛날 일만 같아!) 넌 말했어. 그 사람이 내 취향이라고 생각한다면 날더러 가져도 좋다고 했지. 내가 절대로 물건도 사람도 '내 것'으로 소유하지 않는다는 걸 넌 잘 알잖니.

이 남자는 잘생겼고 똑똑해. 폭군 같은 사랑하는 친구야. 게다가 그는 네 의견에 맞서기도 하지. 자동차 색깔 따위가 뭐가 중요해, 흰색이면 됐지. 안 그래? 바로 그래서 네가 그에게 아직 싫증내지 않는 것 아니니?

난 사뮈엘이 내 마음에 들듯이 내가 그의 마음에 드는지를 선택할 자유를 그도 갖기를 바랐어. 하지만 네가 그러지 못하게 막는다는 게 훤히 보였어. 그것이 네 변덕이 아니기만 바랄 뿐이야.

내가 너를 원망하지 않는다는 걸 너도 알 거야. 하지만 내가 앞으로 네게서, 두 사람에게서 멀어진다고 해도 나를 원망하지는 말아줘.

클로틸드

[날짜 없는 편지]

포스카,

당신을 아프게 하고 싶지 않소. 그건 정말이지 내가 무엇보다 원하지 않는 일이오.

난 클로틸드를 갈망하오. 하지만 당신도 잃고 싶지 않소.

사랑에는 여러 종류가 있소. 우리 두 사람은 그걸 알잖소. 그걸 내게 가르쳐준 건 바로 당신이오.

"중요한 건, 구별을 할 줄 알아야 한다는 거지요."

클로틸드는 당신과 내가 살고 있는 행성과는 전혀 다른 행성에서 살고 있소. 그녀와 나를 갈라놓는 거리는 욕망이라 불리오. 그리고 그 욕망은 심연이오.

내게 화를 내지 말아주오. 나를 떠나지 말아주오. 당신이 이 말을 냉소적으로 받아들일까 두렵지만 감히 이렇게 말하고 싶소. 우리를 떠나지 말아주오.

사뮈엘

읽기 힘든 글씨를 읽느라 눈이 아팠다. 포스카의 방 양탄자 위에 배를 깔고 엎드린 채 나는 편지들의 냄새를 맡았다. 하지만 아무런 냄새도 나지 않았다. 잉크 냄새조차 없었고, 종이 냄새만 살짝 났다.

나는 블랙커피 한 잔을 다시 준비해서 마로니에 아래에서 마셨고, 포스카의 노트를 손에 들고서 다시 안으로 들어왔다.

노트

1954년 1월 2일, 파리

새해를 기막히게 시작했다. 샴페인을 지나치게 마셨고, 지나치게 마음에 드는 남자애에게 지나치게 진한 키스를 했다.

1월 6일

오늘 클로틸드와 나눈 대화 : 여자들에게 애걸하는 구석이 있다는 건 사실이다. 여자들은 남자들의 발밑에서 어슬렁거린다. 여자들은 사랑과 관능을 원하지만, 남자들은 안다. 사랑과 섹스가 우리여자들에겐 같은 것임을. 우리는 남자들을 질겁하게 만들지 않으려고 그런 말은 하지 않는다. 그런데 곰곰 생각해보면 이건 정직한함정이다.

2월 2일

그와 마찬가지로 나도 한 가지만 좋아한다. 오직 나 자신에게만속하고 싶어한다. 하지만 그와 반대로 나는 결핍의 상태를 알지 못한다. 그가 내게 속하지 않는다고 해서 나는 그의 결핍을 느끼지못한다. 그런데 이걸 남자들이 이해할 수 있을까?

샘과 나는 서로가 번갈아가며 상대의 성적 주체이자 객체가 되는 관계를 시작했다. 그에게나 나에게나 어떤 검열이 끼어드는 순간 모든 게 무너질 것이다.

우리의 이야기를 보호하기란 쉽다. 우리 사이에는 독점욕이 없기 때문이다.

2월 3일

번뇌건 슬픔이건 올 테면 오라지. 그리고 결핍과 눈물도 얼마든지 오라지. 생명력만이 샘솟고, 분출하고, 터져나와 새롭게 솟아오르고, 즐기고 사방으로 튈 뿐이다. 그저 눈감은 채 손을 벌리고 적시기만 하면 된다.

〔보내지 않은 쪽지〕

1954년 4월 11일, 파리

그건 내가 믿지 않으면서 믿기 때문이에요. 모두가 믿듯이, 아무도 믿지 않듯이 말이에요. 난 당신을 사랑합니다. 결단코 당신을 사랑합니다. 내 사랑, 당신을 위해 내가 무엇인들 못할까요…….
단 한 가지만 아니라면. 나의 내면의 자유를 포기하는 것만 아니라면. 씁쓸하지만 꼭 필요한 나의 자유 말이에요.

4월 12일

난 변태가 아니다. 이 모든 것에서 전혀 쾌락을 느끼지 못한다. 이 남자는 염려스러울 정도로 단순하면서 다른 남자들처럼 욕심이 많다. 그는 마음을 편안하게 해주는 부인과 자극적인 연인을 동시에 원한다. 말뚝 주위를 돌 수 있을 만큼의 공간만을 필요로 하는 염소처럼 목에 매인 줄이 너무 꽉 죄지 않기만을 바란다.

우리는 왜곡되고 변질된 모성 본능 때문에, 기다림의 능력 때문에 뒤처진 사람들을 좋아한다. 나는 클로틸드를 좋아하고, 그녀를 안다. 클로틸드를 좋아하면서도 때로는 그녀를 싫어한다. 그녀의 공허를 알고 있다. 그녀는 존재하기 위해 다른 사람을 필요로 한다. 클로틸드는 아무 곳에도 가지 않을 것이고, 사뮈엘은 그녀를 능히 따라갈 것이다.

차라리 내가 선호하고 선택하는 것은 고독이다. 그리고 이 선택을 바꾸고 싶지 않다. 하지만 사뮈엘을 잃고 싶지도 않다.

4월 13일

잘 되는 일은 없지만 그럭저럭 흘러간다. 세월이 너무도 빨리 흘러가 우리에게 얼마만큼의 시간이 남았는지 도무지 알 수 없다. 그리고 그러는 동안 우리는 잃고, 얻는다. 무엇을 잃고 얻는지는 모른 채.

나는 한 이탈리아 작가가 자살하기 전에 남긴 메모를 신문에서 읽었다. "모두를 용서한다. 그리고 모두가 날 용서하길. 됐는가?" 이 "됐는가"라는 말이 나를 울게 만들었다. 울기 위해 누가 필요한 건 아닌데도. 나는 혼자 우는 데에는 챔피언이다.

아래를 내려다보지 않으면서 바위를 건너뛰는 내게 낭떠러지의 매력은 강렬하다. 나는 암울한 생각에는 전혀 끌리지 않는다. 하지만 혼자 있기로 선택한 이상 잘못을 내가 아닌 타인들에게 전가하지 않도록 해야겠다.

4월 14일

그러니까 사랑을 위한 사랑. 그냥 그뿐이다. 그 이상도 이하도 아닌. 오늘의 적수가 어제의 연인이고 내일의 연인이다. 우리 쾌락의 기쁨은 원망으로 변한다. 난 그저 우애어린 편안함만 원할 뿐인데.

4월 15일

벵센 숲. 연못 수면은 부드러우면서 어둡다. 나뭇잎들이 물속에 해를 감추고 있다. 첫 제비들. 제비들이 시끄럽게 재잘거리지 않고 내 머리 위를 지나간다. 그저 날개가 대기를 가르는 "파닥파닥" 소리만 들린다. 내가 지금 죽으면 나의 무기력과 어리석음을 신께서 불쌍히 여기시어 나를 제비로 만들어주시길.

4월 16일

샘과 보낸 밤. 난 새벽에 걸어서 떠나왔다. 파리는 황량했고, 대기에서는 얼마 전에 내린 비 냄새가 났다. 티티새들이 지저귀었다. 난 해방된 것처럼 몸이 가벼웠다. 죄책감도 없이. 행복할 때 나는 죄책감을 느끼지 않는다.

4월 17일

집에서 저녁식사를 했다. 클로틸드와 샘, 마리와 레오, 필립…… 그리고 나.

화기애애한 분위기, 웃음, 그리고 다정함. 샘은 정말 멋졌다. 열기와 포도주 때문에 반짝반짝 빛을 발하는 눈 위로 흘러내린 그의 긴 머리. 그는 재미있으면서 근사했다. 클로틸드의 눈길은 온통 그를 뒤덮었다. 그녀는 자극적이었고 재잘거렸고 아름다웠다. 그녀는 낯선 웃음을 웃었다. 중간에서 멈추는 목웃음을.

그러면 나는?

오! 나는…….

[보내지 않은 편지]

사뮈엘,

내가 아는 걸 당신에게 말하겠어요. 사랑에 빠지면 2년, 혹은 3년 정도 지속된다고 해요. 그 후에는 열정과 갈증과 상대에 대한 욕구 대신에 다른 것이 자리를 잡는다고 하죠. 클로틸드를 이런 것들로부터 보호해줘요. 우리 둘로부터.

4월 19일

마리와 차를 마셨고, 샘과 말다툼을 했다. 그는 문을 꽝 닫고 떠났고, 그 후에 내게 꽃을 보내왔다. 어찌 해야 할지.

4월 29일

어제 저녁에는 영화를 봤다. 책을 읽는 척하며 집에 남아 있고
싶지가 않았다. 윌리엄 홀덴과 글로리아 스완슨이 출연한 빌리 와
일더의 〈선셋 대로〉를 보았다.

젊은 시절의 단점들이 늙으면서 더 커진다면 장점은 왜 그렇지
않을까? 늙어서도 더 현명해지지 않는 게 가능할까? 어쩔 수 없어
서일지라도. 복종하길 싫어하는 고양이조차 결국엔 "아니"라는 말
을 배우고 만다. 열네 살이건 아흔 살이건, 이해하지 못한 것이 조
금 더 우스꽝스러울 뿐 마찬가지이다. 나이가 들면서 우리는 자기
자신의 가장 나은 부분을 꺼내지 않을 수 없게 될 것이다. 이건 일
찍 준비해야 한다. 지금 준비해야 한다.

〔보내지 않은 편지〕

사랑하는 샘,

당신은 나를 곁에 두면서도 나를 떠나려면 어떻게 해야 하는지
를 잘 알고 있지요. 클로는 내 친구이고, 당신은 내 연인이에요. 울
고 싶을 정도로 진부해서 절망스럽지만 신께서 우리가 이 모든 것
에 대해 너무 잔인하게 대처하지 않게 해주길 바랄 뿐이에요.

1954년 4월 30일

36년 전에 내가 태어났다. 젊다는 느낌도 늙었다는 느낌도 없

다. 이따금 아침에 거울을 보면서 내 얼굴이 변하지 않았음에 자축한다. 약간 피곤해 보일 뿐이다. 그런데 이 피로의 흔적은 지워지지 않는다. 앞으로도 지워지지 않을 것이다. 틀림없이 이 피로가 늙었을 때의 내 얼굴을 만들 것이다.

오늘 저녁 클로와 샘을 초대했다. 우리 셋뿐일 것이다. 내게 선물을 하고 싶다. 우리 셋이 서로를 사랑하기에. 올바르게 사랑하기엔 약간 지나치게 사랑하기에.

4월 30일 밤

이제 끝났다. 난 눕는다. 기진맥진했다.

5월 1일

마침내 새벽. 밤사이 잠을 잘 자지 못했다. 온 감각이 타는 듯 아팠고, 그리움에 타는 듯 아팠다. 벌써!

어제 저녁에 내가 더 가깝게 느낀 건 클로였다. 두 여자 모두에게 너무도 은밀하게 위험한, 이 갈색 머리의 남자가 아니라. 마음속 깊이 결정을 내려야 한다고 생각하지 않기 때문에 결정을 내리지 못하는 남자. 모든 걸 원하는 남자. 적당한 인내심과 침묵과 건망증만 있다면 모든 걸 얻을 수 있다는 걸 아는 남자.

클로와 나는 이 점에서 평등하다. 그에게 충실하다는 점. 반면에 그는 자기 욕망이 변하지 않는 한에서만 우리에게 충실하다.

나는 샘이 나의 진심 어린 배려를, 침대에서 보이는 나의 정숙하지 못함을 좋아한다는 걸 안다. 또한 호수처럼 무심한 클로틸드가 그에게는 하나의 도전이라는 것도 안다. 그 무심함은 때로 한숨 하나에 깨어진다. 클로와 예전에 여러 번 끝났던 것처럼 어젯밤에도 그렇게 끝나는 데는 그다지 많은 것이 필요하지 않았다.

사뮈엘이 나의 허벅지에 손을 얹었을 때 나는 그 손을 들어 클로틸드의 손 위에 놓았다. 그리고 그 자리를 떠났다. 생각만큼 어렵지 않았다.

나는 두 사람 사이에서 미적지근하게 땀 흘리고 싶지 않았다. 달콤하면서도 당황스럽게 잠을 깨는 것도 싫고, 어정쩡한 것도 싫다. 나는 샘을 사랑하고, 클로틸드도 그를 사랑한다. 할 수 없는 일이고, 잘된 일이기도 하다.

1954년 5월 3일

"그에게는 많은 비행사들에게 공통된, 일종의 직업적 습벽이 되어버린 단점이 있었다. 그에게는 위험에 처했을 때에야 삶이 진정한 맛을 지녔다. 이미 만들어진 행복은 그에게 맞지 않았다. 끊임없이 시도하는 영웅적 행위 이외에는 그 무엇도 그에게 어울리지 않았다. 이미 여러 차례 위험한 모험에서 기적적으로 살아난 그는 거기에 취미가 들어 모험 없이는 살 수 없을 정도였다."

오늘 날짜 주간지 〈옵세르바퇴르〉에서 읽은, 앙드레 지드가 쓴 〈생텍쥐페리〉의 일부분이다. 한 남자가 다른 남자에 대해 어떻게 말하는지 알게 해주는 글이다.

우리 여자들은 남자들에게 거의 수치스런 비밀에 불과하다. 그들이 자기들을 영웅적 행위로, 모험으로, 발견으로, 그리고 죽음으로 내모는 것이 무엇인지 털어놓는 대상이 우리라 할지라도.

그들은 용감한 곤충처럼 하늘을 공격하러 떠난다. 보이지 않을 때까지 점점 더 높이 날아오른다. 그들은 창끝 주변을 맴도는 것만으로는 결코 충분하지 않은 모양이다. (사실 우리 또한 창끝 주변을 맴돈다. 이 점에 대해서 나는 그다지 환상을 품지 않는다.)

그들 마음의 가려진 부분은 우리에게 있다.

어쩌면 사실 너무도 두루뭉술하고 너무도 안정적인 우리와 함께 남는 것보다는 차라리 하늘의 구름 속으로 사라지는 편이, 사막에서 목말라 죽는 편이, 지구 반대편의 거북이들에게 먹이로 제공되는 편이 그들에게는 한결 마음이 편한지도 모른다. 이해하기도 힘들고, 참기도 힘든 우리와 함께 남는 것보다는.

나는 한 산악인과 광적으로 사랑에 빠졌던 한 여자를 안다. 그들은 결혼을 했고, 아이를 둘 가졌다. 남자가 떠날 때마다 여자는 매번 화를 내고, 울고, 협박하고, 그를 떠나 친정집으로 돌아갔다. 그는 언제나 돌아왔고, 그녀도 늘 그에게 돌아갔다. 그들 중 누가 더 미쳤을까? 그일까, 그녀일까? 그가 산을 포기했더라면 그녀는 그를 더이상 사랑하지 않았을 것이다. 그가 산을 포기했더라면 그도 그녀를 더이상 사랑하지 않았을 것이다. 그렇다면 사랑은 오직 우리를 갈라놓는 거리 안에 있단 말인가? 사뮈엘의 말처럼 욕망은 한낱 심연에 불과한 것일까?

5월 19일

어제 저녁, 마리와 나는 필립의 집으로 저녁식사에 초대받았다. 그는 그의 현재 애인을 우리에게 소개해주고 싶어했다.

식사가 끝날 무렵 우리는 꽤나 웃기는 광경을 보게 되었다. 자크(필립의 애인의 이름이다)가 몸을 배배 꼬며 꾸민 목소리로 애교를 부리며 말했다.

"자기야, 나 이쁘지?"

그는 필립을 자기라고 불렀다! 마리와 나는 서로를 쳐다보았다. 웃음이 터져나오려 해서 눈가에 눈물이 고일 정도였다. 나는 웃음을 터뜨리지 않으려고 고개를 들었는데, 마리도 똑같이 했다. 그러다 보니 우리는 둘 다 입을 벌린 채 천장만 바라보게 되었다.

우울한 기분을 잊게 해준 행복한 시간이었다.

클로와 샘은 잠적했다.

5월 25일

"그의 뜻에 반해서 내가 그를 억압한다면 내 곁에는 사람이 아니라 당나귀가 남게 될 것이다. 왜냐하면 그가 기꺼이 내게로 돌아오는 것도 아니요, 자기 의지로 오는 것도 아닐 것이기 때문이다. 당나귀와 소를 얻어서 뭘 하겠는가? 내 왕국을 당나귀에게 내줄 셈인가?" ― 베르나르 드 클레르보(《강론》, 29편 2장 3절)

우리는 모두 필립이 이번 계절에 밀리 라 포레 근교의 자기 성을 여는 것을 도우러 갔다. "있는 걸로 대충"* 피크닉을 했다. 이 표현에 우리는 아이들처럼 즐거워했다. 왜 그랬는지는 지금도 여전히 알지 못한다. 우리는 모닥불을 피우고, 대공비라던가 뭔가 하는 필립 할머님의 크리스털 잔에다 얼룩을 남기며 적포도주를 마셨다.

그리고 나는 조금 걸으려고 밖으로 나갔다. 샘이 나를 따라와서 키스를 하려 했다. 나는 그의 입에 손을 대어 막았다.

파리로 돌아가는 자동차 안에서 우리는 헤드라이트에 눈이 부셔 꼼짝 못하는 사슴 한 마리를 보았다.

아주 평범한 하루였다. 하지만 내 마지막 시간이 왔을 때 삶을 떠나는 것을 아쉬워하며 기억하고 싶은 날들 가운데 하나이다. 이따금 행복해서 눈물이 날 정도로 사랑하는 이 삶을 떠날 때.

이미 식어버린 커피 한 모금을 마셨다. 그러니까 포스카는 "정신적으로 높은 뾰족구두를 신고 있으면서, 자기 지성에 1밀리미터의 경박함도 허용하지 못하는 사람"이었다. 나는 이 말을 날짜도 없고, 쓴 사람의 이름도 없는, 노트에서 떨어진 메모에서 읽었다. 글씨체도 알아볼 수 없었다.

* "A la fortune du pot", 직역하면 '항아리의 운에 맡기고' 라는 의미가 된다.

그것이 사랑!

1954년 6월 19일, 파리

결심했다. 마리와 레오, 그리고 아이들과 함께 토스카나로 휴가를 떠나기로. 다른 사람들은 뭐, 자기들 가고 싶은 데로 가라지.

난 이탈리아어로 말하고 싶고, 토마토와 올리브유와 마늘을 넣은 빵이 먹고 싶다. 함께 사랑을 나누며 자고 나서 부루퉁해할 사람 없이. 날 기다린다는 걸 이해시키려고 방안에서 발소리를 무겁게 내며 걷는 주인 없이, 가슴 졸이는 일도 없이, 가슴 뛸 일도 없이, 큰 기쁨도 큰 슬픔도 없이.

모든 것에 지쳤다. 파리에 지쳤고, 사뮈엘에, 클로틸드에, 나 자신에 지쳤다. 내 가슴속에서 뛰는, 너무 심하게 뛰어 밤잠을 깨우는 이 심장에 지쳤다. 내 친구의 조용한 희열에 지쳤고, 얼마 전까지만 해도 나를 세차게 끌어안으며 내 귀에다 대고 "절대, 안 돼, 절대로"라고 속삭이던 남자의 가르랑거리는 소리에 지쳤다.

무엇이 절대로 안 된단 말인가요? 나의 변덕쟁이 그대, 바람둥이 그대, 배신자 그대여! 절대로 가지지 못했단 말인가요? 아니면 절대로 가지지 못할 거란 말인가요? 앞으로? 아니면 예전에?

6월 22일

어제는 사뮈엘의 생일이었다. 그는 6월 21일에 태어날 수밖에 없었다. 모든 것이 다시 시작되기에 모든 것이 끝나는 날, 이……
빛과 어둠의 아이.

우리는 밀리에 있는 필립의 집에서 번듯하게 축하 파티를 벌였
다. 집은 지난번에 신나게 놀고 난 뒤로 엄숙한 모습을 되찾았다.

왕과 왕비의 대관식(샘과 클로 커플은 이렇게 축하받았다) 같
았던 이번 파티보다는 시끌벅적한 아이들 소풍 같던 지난번의 피
크닉이 나는 더 좋았다. 그가 소원을 빌기 위해 눈을 감고서 서른
두 개의 촛불을 껐을 때 나도 다른 사람들처럼 웃었다.

6월 29일, 토레니에리

레오와 마리와 아이들과 나는 토스카나로 왔다. 우리는 숙소에
자리를 잡았다. 집은 예뻤고, 시에나 주변의 들판도 화사했다. 그
리고 나는…… 탓할 사람은 오직 나 자신뿐이라고 생각하고 거듭
혼잣말을 했다.

나는 싸우고 싶지 않았고, 그가 내게 줄 수 있었을지도 모르는
것을 전혀 원하지 않았다. (그가 줄 수 없을까봐 두려워서였을
까?) 무엇보다 그를 진정으로 원하지 않았던 건 나다. 여자가 남자
를 원하듯이 말이다. 일이 이렇게 진행되도록 밀어붙인 것도, 발길
을 돌리게 만든 것도 나다. 결국 그가 할 수 없는 것을, 결정내릴
수 없는 것을 하도록 부추김으로써 말이다. 그뿐이다. 난 바보 역
할을 했고, 그것도 성공적으로 해냈다.

8월 19일, 토레니에리

"가시가 한 단이나 되니 어느 가시에 찔렸다고 하겠는가?"

24시간 전부터 비가 내리고 있다. 고약한 하루, 아이들은 심술을 부리고, 마리는 아무 말 없이 고통 받는 영혼처럼 떠돌고, 레오는 주베의 장례식에 참석하려고 파리로 돌아갔다.

장대비가 내릴 때마다 이제 여름은 끝났다고 생각하지만 여기는 파리가 아니다. 어쩌면 내일은 날씨가 화창할지도 모른다. 내일 아이들은 라벤더 밭에서 놀 것이고, 내일이면 내 마음도 예전의 나른한 상태를 되찾게 될 것이다. 내일이면…….

8월 19일 저녁, 토레니에리

저녁식사 시간에 마리가 아침에 준다는 걸 잊었다며 내게 편지 하나를 건넸다. 클로틸드였다. 임신했다며 뛸 듯이 행복해했다. 샘의 아이. 그의 눈, 클로의 머리카락, 샘의 입, 클로의 귀……. 바삭바삭 갓 구운 신선한 빵 한 조각 같은 소식. 그들은 가을에 결혼할 생각이란다.

다른 사람들의 아이들 가운데, 다른 사람들의 사랑 가운데 나 혼자만이 결실을 못 맺는 불모로 남았다.

8월 20일, 토레니에리

새벽 다섯 시. 꿈. 왕비가 내게 사형을 언도했다. 필립이 내게 말했다. 내게 혼자서 죽을 용기도, 왕비의 망나니를 기다릴 용기도 없으니, 정말 안타깝지만 내가 죽는 걸 그가 돕겠다고. 그칠 수 없이 눈물이 흘렀다. 이 몸속이 너무도 따뜻했고 너무도 아늑했는데, 숨을 쉬는 것이 좋고, 내 가슴 속에서 심장이 뛰는 것이 너무도 좋았는데, 이 모든 것을 이제 버려야 했다.

나는 생각했다. 숨 쉬지 않는 일에, 살아 있지 않다는 사실에 길들여질 수 없을 거라고……. 이렇게 살아 있는데…… 곧 죽는다니. 이 두 가지 사실 사이에는 질겁한 몸이 있다. 몸은 이해하지 못했고, 이해할 수도 없다.

그러다 별일 아니라는 듯이 왕비가 내게 내려진 언도를 취소하는 바람에 나는 계속 살 수 있게 되었다.

8월 20일, 토레니에리

필립이 바닷가에 있는 자기 빌라에 오라고 청했다.

마리와 나는 망설이지 않았다. 여행가방과 아이들 가방을 싸고, 노래를 부르며 대청소를 하고, 요리사와 파출부에게 휴가를 주었다. 내면은 바꿀 수 없더라도 적어도 바깥 배경은 바꿀 수 있다.

8월 23일

파리로 급히 돌아옴. 집은 잠들어 있었고, 잎이 떨어지기 직전인 마로니에 나무가 다갈색으로 말라비틀어져 있었다. 도시의 더위답게 무더웠다. 냄새가 좋지 않은 안개가 옅게 끼어 있었다. 지친 사람들이 뤽상부르그 공원에서 어슬렁거렸다. 평소에는 그렇게 시원하던 정원도 덕지덕지 화장을 한 늙은 여배우 같아 보였다.

가구들을 뒤덮은 천조차 걷지 않고, 침대조차 건드리지 않고 나는 다시 떠났다. 거실의 소파에서 자는 편이 차라리 편했다. 거기라면 기억을 덜 접하게 되니까.

8월 24일

기차에서 밤을 보냈다. 여행할 때 나의 큰 기쁨은 밤을 온통 새하얀 색으로 입히는 것이다. 이집트산 면 파자마, 실크 양말, 순백의 아마 시트.

그 덕에 위안이 되어 잠을 잘 잤다.

8월 25일, 생-장-캅-페라

굉장한 집이다! 그동안 온갖 집들을 많이 보았는데도! 전면의 유리문들은 두터운 목재 판자로 된 플랫폼에 끼워넣은 풀장을 향해 활짝 열리고, 풀장에는 바위와 올리브 나무와 무화과나무들이 솟아 있었다.

집 앞에는 소금과 야생 회향, 해초와 정어리, 유칼리나무와 송진 냄새가 나는 아름다운 지중해가 펼쳐져 있었다.

이곳에 오직 필립과 나뿐이었다. 다른 사람들은 나중에, 내일, 모레 도착할 것이다. 다른 사람들은……

8월 25일 밤, 생-장-캅-페라

필립과 마주하고 저녁식사를 했다. 바다가 그를 평소보다 멋지게, 어쨌건 평소보다 덜 추하게 만드는 위업을 달성했다. 그에게서는 비밀스럽고 무뚝뚝한 남자의 평온함이 느껴졌다.

너무 오래전부터 충족되지 못한 내밀한 욕구가 그에게는 거의 습관이 되어버린 것 같다. 그는 자신에게 필요한 것이 무엇인지 알고 있으며, 그것을 얻지 못하는 걸 견뎌내고 있다.

자신이 갈망하지 않는 것을 갖느니 그는 차라리 아무것도 갖지 않는 편을 택한다. 나처럼.

오늘 저녁 우리가 나눈 대화가 머리에서 떠나질 않고, 잠자는 걸 방해한다.

"포스카, 그를 여전히 사랑하나요?"

"아뇨, 그게 아니라…… 그래요, 여전히 사랑해요."

"그에게 말했어요?"

"아뇨. 게다가…… 필립, 아직 공식적으로 밝힌 건 아니지만, 클로틸드와 그이에게…… 아이가 생겼어요."

"포스카, 아이가 생겼다고 해서 감정이 달라지는 건 아니잖아요. 아이…… 어쨌든 당신과 그의 아이는 아니니까요. 그를 사랑한다고 전에는 말했나요?"

"아뇨. 그땐 너무 일렀지요……. 그러다 갑자기 너무 늦어버렸죠."

"그렇다면 미안하지만, 당신이 아파해도 할 수 없군요. 나처럼 멍청히 입 벌리고 말이죠."

"당신처럼요, 필립?"

"자존심은 아무것도 이해하지 못하는 남자의 결점입니다. 여자에겐, 당신 같은 여자에겐 어울리지 않아요. 사랑을 하면 상대의 발밑에서 얼쩡거릴 수 있어야 하고, 또 그래야 합니다. 사랑을 하면 상대의 귀에다 대고 사랑한다고 외치지 않을 권리가 없어요. 설령 상대가 이해하지 못하더라도 말입니다……. 길을 가다 아무 데서나 사랑을 만날 수 있다고 생각하세요?"

"그렇지만 필립, 그이는…… 왜 그이는 아무 말도 하지 않았을까요? 왜 가만히 있었을까요?"

"어쩌면 당신이 너무도 확신에 차 보였기 때문은 아닐까요? 어쩌면 당신이 그를 납득시켰기 때문은 아닐까요? 난 당신이 어떤 남자보다 더 어리석었다고 감히 말하겠어요. 물론 당신을 기분 나쁘게 할 생각은 없지만요."

미사는 이미 시작되었다.

8월 26일, 생-장-캅-페라

그를 잃었다는 사실을 나는 이제야 깨닫는 걸까? 내가 잃은 것이 무엇인지 이제야 깨닫기 시작하는 건가?

도마뱀의 상큼한 입김

포스카의 노트를 읽다가 잠이 들었다. 온몸이 쑤셨다. 잠에서 깨니 혀가 꼭 양탄자 조각처럼 껄끄러웠다. 꿈에서 나는 모래톱 위로 부서지는 파도들이, 우리가 촛불을 불어서 끌 때 흔들리는 그 불꽃들이 어디로 가는지 알아냈다. 우리가 후렴구를 잊은 오래된 노래들이 어디로 가는지도.

짝 잃은 운동화와 세탁기에서 잃어버린 온갖 양말들. 이루어질 수 없는 사랑들과 이루어졌다가 끝난 사랑들도. 나누지 못한 성교들. 이해받지 못한 눈길과 애무들. 어린아이들의 젖니들. 이른 아침에 쓴 달콤한 말들. 친구의 배신. 설명할 수 없는 많은 것들. 보냈으나 도착하지 않은 메일들. 붙잡을 듯 붙잡지 못하는 생각들. 잠들기 직전의 영상들. 어머니가 내게 준 귀고리. 내가 평생 동안 유일하게 사랑한 고양이 어여쁜 미치를 단숨에 치어 죽인 그 자동차가 어디서 나왔는지도 알았다.

계속 열거하지는 않겠다. 너무도 길어질 테니. 이 모든 것들은 식인귀의 소굴로 간다. 무서워야 하는데 무섭지 않은 식인귀. 세상의 틈, 틈새는 그 식인귀의 집이다. 그는 도로 청소부요, 우주를 조종하는 기괴한 인물이요, 카오스의 어리석은 지배자이다.

바깥은 새벽이다.

하루가 시작되기 전에 아직 읽을 시간이 있다.

"이것이 사랑이라면 대체 어떤 종류의 사랑일까?"

8월 27일, 생-장-캅-페라

그들이 모두 왔다. 해수욕, 일광욕, 해변의 하얀 텐트, 낮잠, 해수욕, 일광욕, 선창가에서 마신 상그리아, 첫 저녁식사, 내가 흘리지 않는 눈물보다 반짝이는 별들 아래의 침묵. 코를 막지 않은 채 물속에 고개를 집어넣고 물속으로 헤엄을 친 느낌이 내내 들었다.

8월 28일, 생-장-캅-페라

다른 사람들이 선창가로 춤추러 간 사이, 긴 의자에 누워서 저녁 하늘을 쳐다보았다. 집에 남아 있기 위해 나는 "요즘 우울하다"는 핑계를 댔다. 아이들 때문이라도 모두에게 잘된 일이었다.

"언제나 사랑할 거예요."

마리의 큰아들인 꼬마 뤼카가 내 품에 안기더니 내 귀에 대고 이 결정적인 사랑의 말을 속삭였다. 이것 때문에, 내가 가지지 못한 한 어린아이의 무게 때문에, 인정하고 싶지 않았던 사랑의 무게 때문에 나는 오래전부터 참아왔던 눈물을 아이의 금발머리에 몽땅 쏟으며 울 수 있었다.

8월 29일, 생-장-캅-페라

아주 이른 아침에 선창가로 왔다. 모두가 아직 집에서 잠들어 있다. 하지만 나는 단 1초도 더 방에 남아 있을 수가 없었다. 내 가슴엔 돌멩이가 하나 있어서 내가 수영을 한다면 돌멩이가 나를 바다 속으로, 바다 깊숙이 가라앉힐 것이다.

어느 날 저녁에 꾼 꿈 덕에 나는 무한한 공포의 순간이, 죽는 것이 무한히 꺼려지는 순간이 있을 수 있다는 걸 안다. 그래서 나는 바란다. 어쩔 수 없다는 걸 깨달을 때의 무한한 편안함을 얻게 되기를.

하지만 나는 죽고 싶지 않다. 아침 일곱 시이지만 백포도주 한 잔을 마시고 싶다.

백포도주 한 잔을 마시지 못했다. 세 잔 마셨다. 아홉 시에 그가 나와 함께 식탁에 앉아 있었다. 신문을 읽고 커피를 마시며, 나와 함께.

그는 내게 소식들을 전했다. 클로틸드도 일어났는데, 속이 약간 메스꺼워 다시 누웠단다. 나머지 사람들은 아침 안개 속에서 아직 곤하게 자고 있었다. 샘은 나를 쳐다보지 않았다. 그는 길게 늘어진 머리카락이 눈을 가린 채 코를 바람에 내밀며 오토바이를 탄 개처럼 바다 냄새를 들이마셨다.

가슴을 열어젖힌 셔츠가 나쁜 짓을 하지 않는 해적 같은 인상을 풍겼다. 그가 이 자리에 온 뒤로 그의 눈은 푸른빛을 띠었다.

우리는 말라 해변으로 갔다. 오랜만에 마주 보고 우리는 조용히 옷을 벗었다. 짓궂은 재미를 느끼며 옷을 개켰다. 그는 파도 위로 필립의 옅은 초록색 보트를 밀었다. 해변에서(아니 집에서) 보이지 않을 정도로 꽤 멀리 떨어졌을 때 그가 닻을 던지고 일어서더니 배를 흔들었다. 나도 일어서서 꽤 길게 느껴지는 2초 동안 그와 마주하고 섰다가 물을 튀기지 않고 뛰어들었다. 내 평생 가장 멋진 잠수였다.

우리는 오랫동안 나란히 헤엄을 쳤다.

샘은 내가 배에 올라올 수 있게 손을 내밀어주었다. 우리는 말 없이 이날의 첫 담배를 태웠다. 모호한 몸짓도, 빈정거리는 미소도 없이. 마치 좋은 친구처럼. 나는 알고 있었다. 그곳에 있지는 않지만 멀리서 감은 눈 너머로 우리를 쳐다보고 있는 누군가에게 보여주기 위해 우리가 애쓰고 있다는 걸.

우리가 돌아올 생각을 했을 때는 해가 이미 중천에 떠 있었다. 샘이 닻을 당겼지만 바위 사이에 걸려 있었다. 닻을 빼내기 위해 여러 차례 잠수를 해야 했고, 그러느라 한 시간 넘게 지체했다.

우리는 땀을 흘리며 집으로 돌아왔다. 모두가 점심식사를 하기 위해 이미 식탁에 앉아 있었다. 누구도 아무 말을 하지 않았다. 마리는 엄한 눈으로 나를 쳐다보았고, 나는 일어나지도 않은 일에 대해 부끄러워하며 샤워를 하러 달려갔다.

8월 30일

다행히 아무 일도 일어나지 않았다. 분명히 샘이 그만의 무시무시한 방법으로 클로를 안심시켰을 것이다.

9월 1일

벌써! 봄은 너무도 짧았고 여름은 도무지 끝날 것 같지 않았는데. 오늘 아침도 나는 아래쪽 해변을 핥고 가는 부드러운 파도가 깨뜨리는 침묵 가운데 눈을 부릅뜨고 있었다. 커피를 준비하러 내려갔다. 부겐빌레아 꽃들이 내 발밑에 뻗어 있었고, 대기에서는 아몬드 향기가 났다.

냄새 때문에 미칠 듯한 행복감에 전율하게 되는 경우가 종종 있다. 즉각적인 육체적 쾌락이라는 이유 외에 다른 이유라곤 없이. 내게는 육체가 나머지 모든 것보다 훨씬 강하다. 이유 없는 나의 행복들은 나의 슬픔조차도 일소해버린다.

9월 2일, 생-장-캅-페라

"나의 해변 친구, 자기를 열어 보인다는 건 언제나 어려운 일이야. 갈수록 더 어려운 것 같아. 요즘 난 웃는 일이 드물어……. 하지만 난 너를 생각하면, 그리고 샘을 생각하면 행복해.

네가 조용히 그리고 멀리서 내 앞을 지나가는 걸 볼 때면 희미해지는 과거의 음악 소리가 들리곤 해. 내게는 아직도 계속되는 음악이지. 그 음악이 날 행복하게도 하고 불행하게도 한다는 것을 인정해.

이제 너는 한 남자를 믿어도 좋을 것 같아. 내가 조금 아쉬워한다는 것, 너도 알 거야. 이 아쉬움에 대해서는 전혀 겁낼 것 없어. 이 말을 해주고 싶었어. 다정하게 너를 안으며."

이 편지를 나는 클로틸드를 위해 썼다. 하지만 건네지 않을 것이라는 걸 알고 있다. 그녀가 너무도 멀게 느껴져 알았던 적이 없었던 것 같은 느낌이 들기 때문이다.

9월 3일

우리는 성게 위를 걸었다. 나는 모두의 발에서 시커멓고 두꺼운 가시들을 뽑느라 아침나절을 보냈다. 이 일을 내가 가장 잘하는 것 같았기 때문이다.

사뮈엘만 나의 수고를 원치 않았다. 그는 아무렇지도 않은 척 게걸음을 걸었다. 나는 면도날을 세우고 그를 기다렸다.

매미 소리 요란한 가운데 모두가 낮잠을 자는 동안 그가 발에 박힌 가시에 대해 내 의견을 물으러 왔다. 내 경험으로 보아 부을 것이고 걷는 데 방해가 될 것이며, 어쩌면 감염될지도 모르고, 잘못하면 패혈증이 올 수도 있다고 말해주었다. 그는 발에 여전히 가시를 단 채 화가 나서 절뚝거리며 다시 갔다.

9월 4일 저녁, 생-장-캅-페라

아직 파도도 아니고 하늘도 아닌 우윳빛 가운데 떠 있는 배 한 척을 바다의 입김이 흔들고 있다.

9월 6일

그의 다리 사이에 무릎을 꿇고 앉아 나는 내 어깨로, 내 목으로,

내 뺨으로 그의 발을 고분고분 애무한다. 내 손은 그의 순수 혈통 무릎뼈 위를 더듬다가 곧 엉덩이 위를 더듬는다. 그곳에 그는 저기 트리볼리에, 하드리아누스 황제의 정원에 있는 최고의 조각상들이 가진 그런 주름을 가지고 있다. 돌로 된 그 사내들처럼 내 손 안에 든 사내도 꼼짝 않고 굳어 있다. 야생 고양이의 울음소리 같은, 자기 목에서 나오는 소리에 귀를 기울인 채.

그가 또다시 그녀를 배반한다. 곧 남편이 될 사람으로서 조심스레, 벌써 그녀를 배반한다. 클로틸드를 생각하니, 그리고 나를 생각하니 화가 났다. 나와 함께 그녀를 배반하는 그는 나를 배반하는 것이나 마찬가지다.

불쑥 끼어들어 미안하지만 도저히
어쩔 수 없어서

여덟 시 10분전, 현관 벨이 울렸다. 시인 정원사 올리비에가 입
에 담배를 문 채 개를 데리고 나타났다.

나는 개에게 마실 것을 주어야 했고, 내 입을 올리비에에게 맡
겨야 했다. 그는 내게 말조차 건네지 않았다. 그냥 나를 번쩍 안아
올리더니 발로 부엌문을 닫고 거실 소파에 나를 내려놓았다.

나머지는 얘기하지 않겠다.

석양은 메뚜기빛을 띠었다.

나는 그를 깨우지 않으려고 발끝으로 걸어 방에서 나왔다. 부
엌 식탁 위에 그가 나를 위해 둘둘 만 종이를 놓아두었다. 건축 설
계도이거나 아니면 큰 포스터일 것이다. 참을성 없고 서툰 나는
종이를 두른 끈을 푸느라 쩔쩔맸다. 어둠 속의 정원을 찍은 큰 사

진이었다. 햇빛 한 줄기가 알레프 소나무 끝을 비추고 있었다. 물길 위에 가는 펜으로 쓴 일본 시 한 편이 시에나의 붉은 흙빛으로 적혀 있었다.

연민 어린 구름
저 하늘에는
달빛조차 너무 밝다.

내겐 아직 할 일이 남아 있다.

돌고래의 시간

올리비에는 여태 자고 있다. 나는 포스카의 방에서 흩어진 물건들을, 그녀의 노트와 사진들을 보고 있다.

포스카와 양파 껍질처럼 여러 겹으로 감싸인 그녀의 삶들. 포스카, 시리얼 러버(Serial Lover), 두려움, 냉정함, 분노, 체념, 진솔함 그리고 계산. 그토록 많은 사랑.

양파에는 씨가 없다.

10월 7일, 파리

클로틸드와 샘은 어제 텅 빈 큰 성당에서 약간 조급해하는 신부를 앞에 두고 단둘만의 결혼식을 올렸다. 샘은 흰색 셔츠와 검은색 양복에 검은색 넥타이 차림이었고, 클로틸드는 풍성한 흰색 드레스를 입고 불투명하고 조밀한 긴 베일을 썼다.

나는 우연히 알게 되어 결혼식에 약간 늦게 도착했다. 성당 한 구석에 있었다. 그들은 단 한 번도 돌아보지 않았다.

바깥으로 나오니 차가운 태양에 눈이 부셨다. 마리와 필립이 성당 문 앞에 서 있었다. 그들도 '우연히' 알게 되었다고 한다. 그들은 라 쿠폴까지 나를 호위했다. 안쪽 테이블에 앉아 우리는 끈질기게 마셨다. 필립과 클로틸드는 마흔여덟 개의 굴을 먹었다. 그곳의 웨이터들이 우리를 내쫓은 시간은 새벽 서너 시쯤이었을 것이다.

마리가 나를 침대에 눕혔다. 나는 잤다. 그녀는 거실 소파에 쓰러진 채 아침까지 남아 있었다. 내가 아침 커피를 준비하는 동안 그녀가 깨더니 이상한 눈으로 나를 쳐다보았다. 얼마 후 그녀는 나를 끌어안더니 아이들을 돌보러 떠났다.

그러니까 그들은 결혼했다. 그래서 달라지는 게 뭐람?

빈 면, 줄그어진 면, 그리고 아무 말 없이 날짜만 적힌 면이 몇 쪽 있었다. 노트는 1955년 9월에 다시 시작되고 있었다.

누구의 발도 여러 방들의 양탄자들을 밟지 않았고, 어떤 마루판도 삐걱거리지 않았다. 사뮈엘과 나뿐이었다. 늘 다시 시작하는 바다처럼, 이 모든 달들, 이 모든 날들, 구분되지 않는 이 모든 시간들의 갈증.

매미들은 조용해졌지만 아직 여름이다. 참으로 길었던 여름이었고, 여전히 길어지고 있는 여름이다.

또 한 면의 백지.

1956년 12월, 파리

사뮈엘이 떠났다. 그는 한 손에는 포도주 한 병을 들고, 다른 한 손엔 열성적인 학생 같은 가방을 들고, 우비를 입고 우산을 팔에 낀 채, 날아가는 모자를 겨우 잡고서 일터에서 돌아오던 길이었다.

그는 길을 건너려 했다. 오른쪽과 왼쪽을 쳐다보았지만 11월의 그날 저녁엔 비가 너무 세차게 내렸고, 오른쪽에서 자동차 한 대가 너무 빨리 달려오고 있었다. 오, 11월의 그 저녁에 비가 너무 세차게 내려서 운전을 하던 여자는 시커먼 형체를 보지 못했다.

사람은 참으로 연약하기 짝이 없다. 몇 개의 뼈, 5리터의 피, 2미터의 피부 뿐. 빛나는 눈을 가린 머리카락, 사랑하는 남자의 눈, 사랑받는 남자의 눈, 너무 빨리 달려오는 오른쪽의 그 자동차를 보지 못한 남자.

비가 내리고 있었고, 그리고 끝났다.

1957년 1월, 파리

필립이 뭐라고 했었지? 우리가 사랑하는 사람들에게 사랑한다고 외치지 않을 권리가 없다고, 설령 그들이 우리의 말을 듣지 못할지라도…….

오, 그는 우리의 말을 잘 들었다. 의심 많은 암늑대들처럼 이 남자를 공유한 다른 모든 여자들에 맞서 그를 행복한 영토에 가두어서 지킨 클로틸드와 나의 말을. 그를 위해 우리는 평화로운 날들과 아름다운 밤들을 짰고, 웃음소리 높은 여름들, 해변에서 추는 춤, 트리 아래 선물을 쌓아둔 포근한 겨울, 매혹적인 저녁식사, 파리의 비가 4월까지도 끝날 줄 모르고 내릴 때 취하기 위한 예쁜 병들을 준비했다!

그의 삶은 우리의 삶이었다. 우리는 각각 마음속에 그가 원하는 것을 가지고 있었다. 클로틸드는 그의 아이와 동요 없는 날들을, 나는 전율과 나의 자유를, 그리고 그는……. 그는 남자들이 원하는 모든 것을 가졌다. 그를 사랑하는 여자들로부터 버림받지 않는 것, 우리로부터 달아나기 위해 전쟁에, 히말라야에, 달에, 지옥에 가지 않아도 된다는 것. 클로틸드와 나는 남아도는 존재가 아니었다. 그와 함께할 때나…… 그에게 맞설 때나.

나의 샘, 당신의 그 모든 다정한 잔인함 가운데 마지막 잔인함은 내가 당신과 보낸 밤들의 거품 속에서 살고 있을 때, 당신의 물속에 잠긴 채, 당신 품의 어두운 구덩이 속에서 아직 헤매고 있을 때 당신이 나를 떠난 것이었죠.

내가 당신의 느긋함을 원망하던가요. 나는 당신만큼 느긋할 수 있기만 바랐죠. 난 당신의 숨결 속에, 당신의 열기 속에, 나비 같은 당신 손길을 기다리면서 살았어요. 내 눈은 빨간 융단으로 된 세상 위에서 꺼졌죠.

난 당신과 함께 쾌락의 확신을 얻었어요. 쾌락의 자부심을.

우리가 마지막으로 사랑을 나눴을 때 내가 울었다는 걸 당신에게 얘기할 수 있으면 좋으련만. 마지막 잠자리를 추억할 수 있으면 좋으련만. 하지만 우리는 베일로 가려진 방에서 살고 있어서 아무것도 미리 알 수 없지요. 그리고 나중에 가서는 그다지도 중요한 걸 알지 못하지요.

페이지를 넘겼지만 백지였다. 그 뒤로는 모든 페이지가 백지였다.

나는 1958년의 클로틸드의 부고장을 발견했다.

사뮈엘과 클로틸드의 딸은 여섯 살에 이미 세상에 혼자 남겨진 것이다. 그녀의 이름은 폴린이었다.

나의 어머니처럼.

고귀한 피를 물려받은 나의 딸

마리가 바람처럼 다녀갔다. (그녀 말대로 신발도 채 벗기 전에 갔다.) 마리에게 올리비에를 소개했다. 그는 현관문 주변에서 말라가는 장미나무의 늙은 가지들을 잘라내고 있었다.

그녀는 그에게 즐거우면서 다정하고, 섬세한 감식가 같은 눈길을 던졌다. 그는 그런 눈길을 짐짓 못 본 체하면서도 비둘기처럼 뽐냈다.

셋이서 마로니에 나무 아래에서 마리가 좋아하는 아페리티프 오렌지 캉파리를 한 잔 마셨다. 올리비에는 전지용 가위를 들고 다시 떠났고, 마리는 갑자기 서두르며 내게 택시를 불러달라고 했다.

그녀가 차에 올라탈 때 나는 그녀의 팔을 붙들고 질문을 던졌다.

"마리, 포스카가 베네치아에서 누구랑 만날 약속이었던 거예요?

"너랑."

"우리 엄마가 아니고요?"

마리의 대답은 단두대의 날처럼 단호했다.

"포스카는 폴린을 위해 아무것도 할 수가 없었단다. 클로틸드가 병을 앓다가 세상을 떴을 때 포스카는 아무런 힘이 없었지. 그녀는 혼자였고, 혼자 사는 여자는 아이를 입양할 수가 없었으니까. 나중에 네 엄마가 크고 나서는 너무 늦어버렸지. 이미 떠나서 종적을 감춰버렸으니까. 오랫동안 찾을 수가 없었지. 그것이 포스카의 가장 큰 회환이고, 가장 큰 고통이었단다."

오늘 아침 잠에서 깼을 때 나는 올리비에에게 기대어 누워 있었다. 그는 손가락으로 내 몸을 위에서 아래까지 훑고 있었다. 마치 섬세하고 정확한 손놀림으로 콘트라베이스를 다루듯이.

그는 아직 자고 있다. 나는 일어섰다. 개가 부엌에서 낑낑거려서 정원 쪽 문을 열어주었다. 멋진 눈, 붉은색의 거친 털.

개한테서는 약간 냄새가 났다.

감사의 말

이 이야기와 등장인물들은 모두 허구이다. 하지만 나의 몇몇 친구들은 분명히 베일 너머로 다른 것들을 볼 것이다.

주위 사람들이 빌려준 여러 집에서 나는 평화롭게 작업할 수 있었다. 특히 안나 마리아 에 루치아노에게, GP 크레모니니에게, 스테파니아와 알레산드로에게 큰 고마움을 전한다.

포스카는 자기가 좋아하는 작가들의 교훈들을 읽고 마음에 새겼으며, 때로는 거의 외우기까지 했다. 그렇게 그녀의 삶의 철학에서 우리는 마르그리트 유르스나르가 묘사한 대로의 하드리아누스 황제를 되찾아볼 수 있다.

"난 계속하지 않겠어"라는 문장은 사뮈엘 베케트의 저서 《이름 붙일 수 없는 것》의 마지막 부분에 있다. 이 문장은 로베르트 무질의 《베일에 싸인 극작품들》에 빚을 지고 있다.

남자들을 사랑한 여자

읽는 사람을 더 나은 사람으로, 더 행복한 사람으로 만드는 책이 있다. 일상을 새로운 열정으로 대할 수 있게 해주는 책. 파리에서 살고 있는 젊은 이탈리아 여류작가 시모네타 그레지오의 첫번째 소설인 《남자의 부드러움》은 바로 그런 책이다. 모든 면에서 이 책은 경이롭다!

구식 롤스로이스를 타고 두 여자가 남프랑스로, 망통으로, 그리고 이탈리아로 여행을 떠난다. 두 사람은 이야기를 나눈다. 주로 이야기를 하는 사람은 포스카. 여든일곱의 이 가짜 할머니는 미소를 잃는 법이 없다. 그녀의 미소에는 자신의 꿈을 그 무엇에도 양보하지 않는 사람 특유의 짓궂음이 반짝인다. 그녀는 자신의 욕망을 양보한 적이 없다. 죽음의 문턱에 선 이 '시리얼 러버 (Serial Lover)'는 얼마 전 백포도주 한 병과 신문더미를 앞에 두고서 만난 콩스탕스에게 자신의 삶을 이야기한다. 그런데 포스카가 콩스탕스를 만난 것이 과연 우연이었을까?

60년이 넘도록 포스카는 남자에 몰두했다. 남자들을 사랑하고, 증오하고, 남자들과 헤어지거나 결혼했다. 그것이 "유일하게 바람직한 삶의 방식"이라고 말하는 그녀는, 남자들에게서 부드러움을 기대했다. 그녀의 눈에는 "부드러움이야말로 남자를 강하게 만들어주는 것이기" 때문이다.

시모네타 그레지오는 《남자의 부드러움》을 통해, 자신의 욕망을 모른 척하지 않고 평생토록 직접 대면해온 한 여성의 초상화를 아주 우아하게 그려냈다. 그 초상화의 주인공은, 감각의 평화란 하나의 속임수에 불과하며 세상에는 여러 종류의 사랑이 존재한다는 사실을 깨달은 여성, 그리하여 그 명철한 판단력으로 이런 멋진 권고를 던지는 여성이다.

"중요한 건, 구별을 할 줄 알아야 한다는 거지요."

"나는 몸은 자유롭게 해주고, 정신은 깨끗하게 씻어주는 철학을 택했지. 에피쿠로스주의의 침대에서 뒹군 거지. 좁지만 깨끗한 침대였단다."

시모네타 그레지오는 소설 속에서, 하나의 철학('한탄하지 말고 모든 걸 시도해보라'는 말로 요약될 수 있을 철학)을 복원하는 것에 만족하지 않고 잃어버린 냄새들도 되찾는다. 여름철 들판의 햇볕 냄새, 접힌 종이의 잉크 냄새들을. 이 책 속에는 관능적인 느림이, 은밀한 힘이 있다. 그 힘은 점차 커져 콩스탕스가 자신과 포스카를 잇는 끄나풀을 놀란 눈으로 발견하게 되는 마지막 페이지에 이르러 폭발한다. 우리는 콩스탕스가 자신의 삶에 결핍된 것, 즉 열정과 때로는 위험한 취향을 포스카의 삶에서 찾고 있다는 걸 알게 된다. 작가는 두 사람의 삶을 비교하는 것이 아니라, 젊은 시절에 그토록 아름다웠던 늙은 여인의 삶을 찬미하고 있다.

지금으로부터 약 40년 전 파도바에서 태어난 시모네타 그레지오는 1980년대 초부터 프랑스에서 살고 있다. 이 이야기를 모국어인 이탈리아어가 아니라 프랑스어로 쓴 이유에 대해 작가는 수줍어하며 이렇게 대답했다.

"아버지가 읽지 못하도록 하려고요……."

그녀는 정열의 신비에 여느 언어보다 접근하기 쉬운 두 언어를 비교하면서 이렇게 말했다.

"사랑 이야기를 하기에는 프랑스어가 한결 섬세합니다. 사물을 직접 명명하지 않고 에둘러 지칭하는 말들은 내 머릿속에서 이탈리아어가 아니라 프랑스어로 떠올라요. 그런 면에서 이탈리아어는 투박하지요."

그레지오는 스테판 킹, 알베르토 모라비아, 밀란 쿤데라를 인용하지만 자기 소설 속에 지성이 끼어드는 것은 경계한다고 말한다. "지성은 이야기를 질식시킨다"는 것이 그녀의 주장이다. 그럼

에도 이 불꽃 같은 운명에 대한 이야기는 섬광이 번득이듯 독특하고 아름답다. 《남자의 부드러움》은 프랑수아즈 사강의 《슬픔이여 안녕》의 질주를 떠올리게 한다.

죽은 시간이라곤 없다! 물론 포스카는 자신의 밝은 부분만 보여주고, 말없는 미소 뒤로 번민을 감춘다. 하지만 그녀는 작가로 하여금 점점 더 정치적으로 정확한 코드만으로 지탱되는 딱딱한 세상에 신선한 공기를 불어넣게 해주는 가상의 인물이다. "우리는 마흔 살의 여자가 한 말이라면 받아들이지 못할 것도, 여든일곱 살의 여자가 말할 때는 받아들이지요"라며 작가는 한탄한다.

반항인의 피를 물려받은 포스카는 우리에게 자유의 교훈을 준다. 놀랄 만큼 발랄한 이 소설 《남자의 부드러움》은 취하고 싶게 만드는 예쁜 유리병이다. 사랑과 삶에 취하고 싶게 만드는.

—〈리르(Lire)〉 (2005년 6월)

인생의 매순간을 사랑하라!

어느 날 베네치아의 한 허름한 레스토랑에서 두 여자가 우연히 만난다. 여든을 넘긴 나이에도 세련미와 기품을 잃지 않은 늙은 여자와 감성이 메말라버린 듯한, 서른을 넘긴 젊은 여자. 첫눈에 반한 것처럼 저녁 늦도록 이어진 이 만남으로 40여 년의 세월을 넘어선 두 여자의 우정이 시작된다.

그 후 젊은 여자는 자유롭고 독립된 삶을 포기하고, 늙고 병든 여자와 함께 지낸다. 어느 초봄, 두 사람은 함께 이탈리아로 여행을 떠난다. 여든의 여자로서는 죽음이 임박한 것을 알고서 떠나는 마지막 여행이다. 파리를 떠나 망통과 베네치아로 이어지는 풍경을 배경으로 늙은 여자 포스카는 이야기를 하고, 젊은 여자 콩스탕스는 묵묵히 듣는다.

퍼즐처럼 조각난 이야기가 이어지면서 그녀가 살아온 인생이 점차 모습을 드러낸다. 두 명의 남편, 두 명의 애인. 행복과 열정의 순간들, 상실과 고통의 순간들. 차창 밖 풍경이 점차 이탈리아로 가까워지면서 포스카의 삶의 궤적도 점차 귀착점을 향해 치닫는다. 이들의 여행은 첫 만남이 이루어졌던 곳 베네치아에서 포스카의 죽음으로 끝이 난다. 베일에 가려진 마지막 퍼즐 조각을 찾아 포스카의 초상화를 완성하는 일은 콩스탕스의 몫으로 남겨진다.

이른 새벽의 오렌지꽃 향기며, 길거리에서 만난 고양이를 쓰다듬는 손길이며, 햇볕에 데워진 돌계단에서 마시는 커피며, 매순간이 '관능적'이었노라고 털어놓는 포스카는, 60년이 넘도록 남자를 사랑하고 미워했고, 남자와 결혼하고 이별한 '시리얼 러버'였다. 그녀의 일생의 화두였던 사랑은 세상을 이해하는 그녀만의 방식이었다.

포스카가 자신의 욕망을 회피하기보다는 마주 대면하고, 잠수하듯 매사에 주저없이 머리를 박고 뛰어드는 인물이라면, 콩스탕스는 '누구도 믿은 적 없을' 정도로 머뭇거리고 경계하고 삶에 대한 열정을 찾아보기 힘든 인물이다. 삶을 대하는 태도를 보자면 여든의 포스카가 서른의 콩스탕스보다 더 풋풋하고 젊다. 이런 포스카와의 만남이 콩스탕스에게는 이전 시간과 이후 시간을 나누는 경계선이 된다. 그녀는 불안과 불면증으로부터 벗어났고, 더이상 자신을 원망하지 않고 일상에서 기쁨을 느끼기까지 한다.

두 사람의 여행이 포스카에게는 자신의 삶을 돌아보고 정리를 하는 시간이자 마지막 고해성사라면, 콩스탕스에게는 발견의 시간이자 새롭게 태어나는 치유의 과정이라 하겠다.

이렇듯 두 여성의 삶, 말하는 여자와 듣는 여자의 삶을 통해 이 소설은 사랑과 삶에 대해, 삶이 주는 달콤함과 씁쓸함에 대해, 또한 시행 착오와 결핍과 침묵에 대해 이야기한다. 그러나 죽기 전 포스카가 친구요 손녀요 인생 후배인 콩스탕스에게 남기려는 메시지는 무엇보다 사랑하라는 것, 주어진 매순간을 만끽하라는 것, 상실이나 고통을 겁내지 말고 삶에 뛰어들라는 것이다. 단순하고 해묵은, 그러나 결코 낡지 않은 이 전언은 위험 부담을 꺼려 머뭇거리고 주춤거리거나 적당히 흥정하려는 모든 이들에게 작가가 해주고 싶은 궁극의 메시지라 할 수 있을 것이다.

이 책의 저자 시모네타 그레지오는 1961년 이탈리아 파도바에서 태어나 1981년부터 파리에서 살며 기자로 활동했다. 2005년에 출간된 이 작품은 작가의 첫 소설로 프랑스 문예지 〈리르(Lire)〉가 선정한 '올해 최고의 책' 20권에 들기도 했다. 이탈리아인이면서 프랑스어로 글을 쓰는 작가는 그 이유에 대해 "사랑 이야기를 쓰는 데는 이탈리아어보다 프랑스어가 훨씬 섬세하고", 또한 그녀에게는 프랑스어가 '자유의 언어'이기 때문이라고 말한다.

엄청난 독서가인 작가는 마르그리트 유르스나르, 콜레트, 밀란 쿤데라, 프랑수아즈 사강 등 다양한 작가의 작품을 즐겨 읽고 종종 인용하기도 하지만, 자기 작품 속에 "지성이 지나치게 끼어들어 이야기를 질식시키는 걸 경계"한다고 밝히고 있다.

　그래서일까. 그녀의 소설은 무겁지 않다. 상큼하고 가볍다. 사소한 일상이 관능적일 수 있음을 문득 일깨우는 지중해의 한 줄기 햇살 같다고나 할까.

2008년 봄

옮긴이　백선희